背番号は十三番

大徳之助

文芸社

目次

この物語を、野球魂の大切さを
僕たちに教えて下さった幹ちゃ
んの父親、椎名保夫さんに天国
までの祈りを込めて捧げる。

「序　章」～レッド・エンジェルス～

もう随分と昔の話になる。少年野球時代に、僕がレッド・エンジェルスから、光・マッハズへ移籍した頃の話だ。

移籍などと言うと、大層格好良く聞こえるが、事実その当時の僕は、チームを引っ張る勢いのある選手だったのである。

四番でレフトを守り、その活躍ぶりはコーチの大人達も、チームメイトも、毎試合称賛してくれていたし、自分自身もそれなりに楽しくて、バットとグローブを毎日ピカピカに磨いていた。

ただ、本音は子供心に憂鬱な趣もしばしばあった。

「カッキーン」

「レフトー」

これはファールだな、でも届く。そう思って一所懸命追いかけた。

錆びた金網の近くで捕まえると、歓声を期待したが何も聞こえない、ショートにボールを返して、グローブを右手に持ちかえると、ピッチャーのコクベーがナイスと手を上げていた。

なんだか少し寂しい気持ちもあったが、グローブを持ち替えていた右手を上げてそれに応えていた。

ベンチに戻ると、監督に声を掛けられ少し戸惑った。

「危なかったなー大丈夫か、あまり無理するな」

「あんなの前は普通なのになー」

そう呟いていたのを覚えている。

レッド・エンジェルスを辞めたのには仕方のない理由があった。

レッド・エンジェルスは、僕らより七つ、六つ上だったろうか、二人が監督とコーチを務める根性集団の固まりのような草野球チームで、人一倍情に厚いチームだった。

辞めるなどとは、微塵も思わなかったし、なによりもとても楽しく、毎週「わくわく」していた。

兎に角レッド・エンジェルスが大好きだったのである。

監督のしんちゃんは、とても球が速くて格好良かったし、コーチのアキヤ君は太っちょで、野球はあまり上手くなかったけれどとても優しかった。

ただアキヤ君は、何時も皆に馬鹿にされてはからかわれていて、子供の僕達もアキヤ君の優しさが分からなかったことと、温厚な性格に甘えて随分無理を言って、アンパンのような顔を更に膨れさせ、困らせていた。

アキヤ君は、パン屋さんの一人息子で、いつも甘いメロンパンの香りをさせていた。だから僕はアキヤ君のそばに行くと、何時もおなかが「グー」と鳴いては、一週間分のお小遣い、なけなしの五十円を減らしていた。

同じ団地に住む者で結成されていた光・マッハズは、仲良しのコクベーのお父さんが、コーチをしていて、自治会長の井上さんが監督をしているチームで、団地に住む野球好きの子供達の大半が入団していた。

決して嫌いなチームではなかったが、先に始めていたレッド・エンジェルスを辞める理由にはならなかった。

「えっ、辞めちゃうの」

アキヤ君は元々パン屋の手伝いの傍ら、僕らに付き合ってくれていたので、お父さんの調子が悪いと言うことで本業に専念することになった。

皆で夕日が見えなくなるまで話し合ったのを覚えている。

しんちゃんも一人ではチームを守りきれないとのことで、クリーム色に鮮やかな赤いラインの、格好良いユニフォームを記念に解散することになった。

「グスグス」しながら家に帰った僕は、「僕もう野球出来ないよ」と母に言って涙と鼻水をしゃくり上げていた。

暫らくして、コクベーとそのお父さんに誘われて、光・マッハズに入ることになった。

随分後になって知ったのだが、母が自治会長に頼んでくれたものであった。

ちび助だったくせに生意気に、実力を評価されてのものと思い、一寸有頂天になっていた僕に、母は臆して語ることはしなかったが、誉めることも一度も無かった。

二十一年も前の今日でもアキヤ君の寂しそうな顔と、レッド・エンジェルスを忘れられないし、忘れたいとも思わない。だって、僕に初めて野球の楽しさと、人の優しさを教えてくれた大切な想い出のチームだからである。

三十を過ぎて今また、あの頃の気持ちが持てるなんて、人生とは思いのほか面白く、感慨深く幸せなものだなと感じ、あの頃より大きめのグローブを「ピカピカ」磨いている。

「第一章」～昼ゴリラと朝ゴリラ～

僕にとって日曜の目覚ましはやけに心地よい。

セットされている時間のせいもあるのだろうが、無理に眠い目を擦ることもないし、苦いコーヒーを飲む必要もない。

昨日多少降った雨が少々気になっていたが、まあまあ野球日和で、相乗りを頼んでいた新に電話してから、歯磨きしながらいつもより少し熱めのシャワーを浴びて、右肩をぐるぐる回していた。

グラウンドに着くとバックネット裏で、二つ年下の泰雄がスパイクに履き替えていた。

「おっ、やる気でてるね」

「あっ、おはようございます」

「疲れたよー」九である。

九とは高校時代からの腐れ縁で、頑固な直球タイプの好青年である。

先日結婚式を終え、新婚旅行から帰って来たばかりなので、それで疲れているのと、それが口癖なのである。

ここでは結婚式での僕達の余興は秘密にしておく、二人の最高の門出を語る術もないし、少なからず幻滅されて、今後のドラマに影響してはすこぶるまずい。

「九はいつも疲れているなー」

新婚旅行のおみやげを受け取り、汚さないようにバックの奥にしまうと、前の試合の審判をしているとぐっちゃんと、こまっちゃんに朝の挨拶を交わして、ストレッチを始めた。

前の試合が終わり、キャッチボールを始めながら皆に気合いを入れる。

本来これは僕の仕事ではないのだが、大事な一戦を前に肝心の監督がいないのである。

「今日は絶対負けないぞ」

「うぃっす」

僕らが早朝野球を始めたのは安易な理由からだった。

「もっと野球を楽しみたい」

「あのチームをやっつけたい」

いつしかそれが夢となって語り始めていた。

元々野球好きの仲間を集めて、同級生の古堅が作ったチーム、それが昼ゴリラである。

古堅とは中学生時代からの所謂悪友とでも言うか、もっと古く言えば、戦友とでも言うのだろうか、善きも悪しきも苦楽を共にした、そんな仲なのである。

友人の中でも一番信頼出来て、一番いたずら好きの力持ちである。

兎に角彼ほど「気は優しくて力持ち」と言う言葉が似合う男はいないと思うし、本当にそのとおりなので、友としてと言うよりは、人として素敵だなと思うのである。

あまり誉めると照れ屋の彼が、いたずら小僧の血を騒がしてはいけないので、このくらいにしておく。

「よーし、気合い負けするなー」

「ういっす」

先に述べたが、気合いを入れたのには理由がある。

今日は朝ゴリラの監督で、昼ゴリラのキャプテンの優しくて、ちょっぴりエッチなガチョーンが自治会の草むしりでいないのと、歳は二つ下だけれど、元気マンで我が朝ゴリラチームのムードメーカーで、助監督を務める浩一が息子の少年野球のコーチでそちらに参加していた為、揃って欠けていたからである。

ガチョーンも浩一も、とても家庭を大切にし、家族をこよなく愛する三児と二児の良きパパなのであって、自由を基本にしている我が朝ゴリラチームでは、それが至極自然で当然であったので、そんな二人を責めることなど無論無いのであった。

もう大半は理解頂けたかと思うが、朝ゴリラチーム結成の経緯を語るには、もう一チーム紹介せねばならないチームがある。紹介済みの朝ゴリラの助監督を務める浩一が立ち上げたラッキーズである。ラッキーズは浩一が監督を務めていて、古堅同様野球好きのジェントルマンばかりを選りすぐって集めたチームなのである。そう、我が朝ゴリラチームは昼ゴリラとラッキーズをベースにして結成された早朝野球専門の、夢とロマンを持った爽やか青年団のような混合チームなのである。

さて今日の対戦相手は、僕らが早朝野球に加わってから、三年連続ぶっちぎりで優勝しているユニオンズ、先に述べたあのチームである。

ユニオンズに勝利することは、ガチョーン、浩一をはじめ朝ゴリラチームの夢であった。

「ブルルン・ブルルン」買ったばかりのオートバイで登場したのは、渡部である。

人数に不安のあった今日、昼ゴリラからの助っ人隊として来てくれたのである。

古堅とガチョーンとの、おちゃらけトリオの一角で、彼もまた気持ちのいい男に加え、賢くて、天才的究極のギャンブラーだ。

今年の金杯は、彼のおかげで的中でき、渡部様々なのである。

「じゃー今日は新がスタメン決めてくれ」

「おうー」

相乗りさせてもらった新は、朝ゴリラのキャプテンで、彼ともまた中学校時代からの親友で、ちょっとモックン似のいい男である。最ももう十五年も前の話である。それと、スポーツ全般、こと野球においては天分の才能に加え、野球理論はチームでも一、二を争う程なのである。

本人も自信があるのであろう。高校野球が、くりくり坊主でなければ、イチロー選手を超えていたと豪語している。ただ、彼は二枚目風なので坊主頭は苦手にしていたことと、如何せん坊主頭にすると卵円形のように先が尖って見えてしまい、女性ファンが嘆くと思っていた。

「とりあえず、バッティングやろう」九である。

言い忘れたが、九は実に器用で、右でも左でもクリーンヒットを打っていた。だからバッティング練習も率先して誘ってくれるし、やらなきゃむくれてしまう、ワンパク小僧でもあった。

昼ゴリラ隊が到着し、キャッチボールを始めた頃、朝ゴリラ隊は、バッティング練習を始めた。

バッティングピッチャーをかって出て、ふと苦い経験を思い出してしまった。

昼ゴリラの活躍の場は、もっぱら市民大会である。

二年前のその年、我がゴリラチームは、順調に勝ち進み、二部リーグの決勝戦に駒を進めていた。

決勝戦当日は快晴で、まさに野球日和であった。

相手チームも二部リーグで優勝経験があり、甲子園経験者をレギュラーにもつ「セイコチャンズ」で、相手にとって不足はなかった。

ただ、ゴリラチームのエースのヒーボーとマサブーが、結婚式で揃って欠けていた。

「なあー、頼むよ」

無理矢理古堅に頼んで、無謀にもピッチャーをやらせてもらった。

職場の昼休みの練習で、二度ほど投げた程度で「おっ、いけるかな」と思っていた僕は、ここぞとばかりに頼んだのである。

勿論、ちび助の頃からの夢でもあったが、一度も試合で投げたことはなかった。

そんな僕が参考に選んだ投法は「トルネード」野茂選手投法だ。

結果は言わずもがな、フォアボールとボークの連続で、コールド負け、僕の野球人生にとっても、ゴリラにとっても、最も屈辱の日となったのである。

皆の気持ちの優しいのはここからで、試合の終わったその日を含め、今でも文句を言う者は誰もいないし、逆に慰めてくれていた。

「徳郎は、打つ人に専念しなさい」

「はい」

そう素直に返事をして、今は打つ人として頑張っているのだが、ピッチャーに対する思い入れや憧れが、どこかで働いて体が言うことを聞かないときがある。

不安そうな顔をしている新に向かって一球投げてみた。

「カッキーン」

「おう、はいってる。はいってる」

助っ人隊も混ざり、一通り皆に投げ終わると泰雄に代わってもらい、自分の今日の感触を確かめてベンチ前に集合した。

新がレギュラーを発表しているのと同時に、試合開始の集合の合図が掛かった。

「一番ライト九」

「二番サード渡部」

「三番ピッチャー幹ちゃん」

「四番キャッチャー小林君」

「五番レフト徳郎」

「六番センター泰雄」

「七番ファーストこまっちゃん」

「八番ショート俺」

「九番セカンド箕輪ちゃん」

ここからは、早朝野球ルールで、

「十番とぐっちゃん」

古堅が九は途中で抜けるとのことで、控えに回ったことと、新が肩のけがを押しての出場で八番を打つことを除けば、まずまずのオーダーだなと思った。

それにしても、打順の発表は何となく分かっていても「ワクワク、ドキドキ」する。レッド・エンジェルス時代と何ら変わらないこの気持ちが僕はなんだか分からず大好きな時間でもあった。

「お願いしまーす」

真新しく引き直された白線を踏まぬよう整列した選手達が、帽子を脱いで一礼し、颯爽と方々へ散って行った。

九時十分、定刻通り生谷草野球球場で試合開始となった。
先攻は、ジャンケンをものにした我がゴリラチームだ。

「第二章」～男の一球～

一回の攻防は互いにまずまずのすべりだし、ピッチャーの幹ちゃんが速球を武器に好打者揃いのユニオンズの上位打線を押さえていた。

実は幹ちゃんは元々ユニオンズで、三番サードだった。

同級生の僕達の誘いと、ユニオンズチームの寛大な趣もあって、朝ゴリラ限定付きで移籍していた。

さて、ユニオンズと言うチームは、元々少年野球チームとして数十年前から名を馳せていたチームで、少子化の波と相まって高齢化社会を象徴するようなチームになりつつある。

当時の監督や、コーチを務めていた大人達で新ユニオンズとして結成され、ここ早朝野球や、市民大会で活躍しているチームである。従って、僕らの同世代の連中の多くは、少年時代を少年野球チームユニオンズで過ごしていた者も少なからずいて、今対戦しているユニオンズのレギュラーメンバーに育てられたと言っても過言ではなかった。

現在のユニオンズの監督は、レギュラーメンバーとして殆ど出場しないが、息子を四番に据えて現役で頑張っている。

因みに、四番は同級生の幹弘だが、バッテリーは幹ちゃんの叔父さんとお父さんで務めている。

両方とも、もういい歳なのにである。

特に叔父さんのピッチャーとしての制球力、速球とも申し分なく、ゴリラチームをはじめ、他の早朝野球チームも毎回へこまされていた。

我がゴリラチームは、その伝統と歴史ある格式高いジャイアンツのような、ユニオンズチームに勝つことを夢に抱き、早朝野球のシーズン優勝を目標に日夜戦っているのである。

「今日もいい球をほうるねー」皆一様に驚いている。

最もユニオンズには若い左のエースもいて、ここぞと言う時には投げてくる。その若い左も、幾度となくノーヒットノーランを達成させていると言うのだから質《たち》が悪い。

「よーし守るぞ」

パーフェクトで斬られた一回に続き、二回もパーフェクト、三者凡退で終わったゴリラチームには、気合い負けしないように大声を張り上げるしかムードを変える手はなく、ガチョーンのいない今、声だし要員は多分僕の役割だと思っていた。

「カッキンー」

「センター」

よし、上がりすぎだ。

誰もがそう思ったであろうユニオンズの四番打者、幹弘の打球はセンター泰雄の守備範囲に落ちてきていた。

僕も追いつき、落下地点付近、泰雄の横で膝をおった。

「あれっ」

無情にも打ち取った幹弘の打球を、好手泰雄がグラブにあてて、後逸してしまった。

平凡なセンターフライが、二塁打へと変化して、早くもゴリラに試練を与えはじめてきた。

「泰雄気にするなー、打って返せばいいから」

ピッチャーの幹ちゃんが、泰雄に野球根性の魂を植え付けている。

「はい、すんません」

それでも二回裏、やはりペースが乱れた幹ちゃんは、五番打者に対して、フルカウントからフォアーボール、続く幹ちゃんの叔父さんに上手くライト前に運ばれ一点を献上してしまった。

なおもヒットとフォアーボールでツーアウト満塁とピンチが続き、しかも迎えるバッターは早朝野球リーグでは最強且つ最高の強打者、柳君であった。

彼は兎に角上手いの一言で、好走守三拍子揃った誰もが認める最高の野球選手であった。

「幹ちゃん頼むー」

「ふんばれー」

内外野から声援が飛んでいた。

一球目、外いっぱいにカーブ。

「ストライーク」

審判の手が上がる。

「ナイスピー、ナイスピー」

二球目、内に速球「ファール」

「勝ってる、勝ってる、追い込んだよー」

三球目、外に渾身のストレート。

「ボール」

審判の右手が、横にスライドされる。

「いいよ、いいよー、いい球いってるよー」

四球目、同じく外にストレート、これは大きくはずれ、キャッチャーがパスボールする
もうまく跳ね返って来てランナーはそのままだ。

「幹ちゃん打たせていいよー」

「キャッチがっちりいこうぜー」

「おっす」

小林君も強気のリードをしているのであろう。

気合いのこもった気持ち良い返事だ。

五球目、緩いカーブ、よっしいいカーブだ。

しかし審判の右手は上がらない。

「ボール」

「いいよ、いいよ、いいとこいってるよー」

ここ早朝野球でも審判は神様です。

たまに神様に暴言を吐く、マナーの悪い選手もいるのだが、紳士の集団、我がゴリラチームにはそんな輩は存在しない。

フルカウントとなった六球目、投げたと同時にランナーが一斉に走り出した。

小林君の要求したボールは、肩口からストライクゾーンに落ちてくる幹ちゃん得意のカーブだ。

「カッキーン」

快音と共に、僕の右舷を遙か彼方に消えて行く、大ファールだ。

皆打球の飛距離と速さ、そしてその行方に固まってしまっていた。

大ファールは、遠くの疲れ切った運送会社の倉庫で音だけを見せていた。

打った柳君が打席をはずし二度三度素振りをすると、相手チームのベンチから歓声が上がった。

曲げていた首を元に戻すと、少し、ほんの少しだけ幹ちゃんの顔が強張ったように見えた瞬間、ベンチから声が飛んできた。

「やったー、儲け、儲け、でかいファールはみーんな、お客さんよー」

「ストライクなら、いーらっしゃい、いーらっしゃい」

古堅の声援は、グラウンドの皆に笑顔を取り戻した。

「よっしゃー、いける、いけるー」

「気にすんなー」

「打たせろー、打たせろー」

活力ある声援が、またまた内外野から飛び交う。

七球目、バッテリーの選択肢は、多分あそこにいた全員、分かっていたと思う。

「魂ボール」、渾身のストレートだ。

声援がやみ、うっすらとした日差しの音と、生ぬるい風の音が上手く調和したように感じた頃、守備に付いている仲間の土を踏む音が聞こえ、幹ちゃんの投げた魂ボールが、真ん真ん中に、大きく、とても大きく唸って見えた。

「ブーン」

「ストライーク」

キャッチャーの小林君が、元に戻った普通の軟球を、マウンドに転がすと同時にゴリラチームの野手陣が飛び跳ねてベンチに戻る。

柳君がバットを放り投げ、塁をうめていた選手達がうつむき加減でグラブを取りにベンチへ戻って行く。

野球とは実に不思議な魅力あるスポーツだなとつくづく感じていた。

先取点を許した僕らより、先取点を取ったユニオンズチームの方が意気消沈しているのだから、世界中で人気を集めるスポーツ種目だと言うことも本当によく理解出来た。

風がやみ、さっきまで聞こえていたグランドの緊迫音は、陰も形も残さず平静さを取り戻している。

但し、野球の流れは確実に向きを変えはじめていた。その証拠に、それを理解させるだけの熱気と香りが、グラウンドには残っていたし、選手達も語らずとも皆感じていた。

「ナイスピー、ナイスピー」

「よっしゃー、よく守った」

「打って返すよー」

「一点だ、一点」

皆、思い思いに声を馳せていた。

幹ちゃんの投げた渾身の一球、あの一球は、レフトを守っていた僕にもとても大きくしっかりと体で受けとめ、感覚で見て取れていた。

「幹ちゃん、ナイスピー」

「ありがとう」

右手を差し出し、がっちりと握手を交わし、女の子のような優しい手に少し驚いたが、これが勝負にいった「男の一球」を投げ込んだ強くて優しい手なのだなと思っていた。

回は二回を終わったばかり、まだ誰も諦めていない、勝負はこれからだなと思い、七番バッターこまっちゃんに、大声で声援を送っていた。

「第三章」〜やって良いこと悪いこと〜

僕が五番を打たせてもらえたのには理由があった。

開幕戦からそこそこ調子が良く、打率は四割四分を保持していたし、何より二週間前の試合で、グランドスラム＝満塁ホームランを放っていたからである。

相手チームは染井野パッカーズ、ヤジがずるいとのことで新が天敵だといつも言っているチームである。

僕はそれ程気にしてはいなかったが、優勝を狙っているゴリラチームとしては、力量的に兎に角負けてはいけないチームだと思っていたので、勝てたことに意義を感じていた。

回は三回表、先頭打者のこまっちゃんはセカンドゴロに倒れていた。

こまっちゃんは、僕よりも先にゴリラチームに加入していて、随分と長い間四番を任せられていたのだが、昨年あたりから腰回りが少々酒樽気味で、打撃不振に見舞われていた。

それでも誰よりもチームを愛し、野球に対する情熱はことのほか強く、皆からの信頼度、期待度は高かった。

そんなこまっちゃんを古堅などは信じて止むことは無く、昼ゴリラの大会では常に不動の四番として起用していた。

僕自身も今は下位打線に甘んじている左の強打者、名スラッガーは必ず帰って来ると信じている。

「こまっちゃん、がっかりするなー」

「次打ってこうー」

「ういっす。次頑張ります」

決して言い訳はしないし、チームの志気を沈めるような行動も持たない、気持ちよい男だ。

新に声援を送りながら、九番バッター箕輪ちゃんと話をしていた。

「バットは内から鋭く振り抜け」

「はい」

こんな箕輪ちゃんは、僕らにはとても素直で実直な好青年なのだが、一度変われば現役バリバリのスーパー悪童君なのだ。

先日のささやかな勝利祝賀会で、長い時間皆で近年話題のいじめについて話す機会があり随分驚きを覚え、時世を感ずることが出来た。

「何でこう自殺が多いかねー」

スポーツ新聞を読み、するめを囓りながらフレッシュジュースを口にしていたとぐっちゃんが、独り言のように呟いていた。

「いじめですよ」

二十歳になったばかりの箕輪ちゃんが、ビールを「グッヴィ」としながらそう応えていた。

とぐっちゃんは、お酒が全くだめでどんな時でもフレッシュジュースを口にしている。最も多々ある飲み会には必ず参加して、大ジョッキでフレッシュジュースを「グッヴィ、グッヴィ」するので、決して割り勘負けはしないのである。

「俺達の時代も色々と酷かったけど自殺するやつぁーいなかったけどねー」

口の周りをするめのマヨネーズだらけにして、もごもご言っている。

「とぐっちゃん、いいからお口の周りがだらしない」

「ごめんなさい」

とぐっちゃんの言うように確かに僕らの時代、特に中学生時代は校内暴力全盛期の時代であった。

駅前には、今では見聞することは無くなった薔薇のデザインを模様にした、スケスケのニュートラルルックを身にまとった輩達が、「Cビン買えやー」と言って、スタミナドリンクの瓶にシンナーを詰め替えて売っていた。

学生服はドカン、ボンタン、中ラン、長ランなどと言ったおよそ学生らしくない、情けなくだらしない制服が流行していて、お互いや先生方を威嚇しては自分達の存在をアピールしていた。

「箕輪ちゃん、変なもの買ったり売ったりしてないだろうな」

「してないっすよ」

箕輪ちゃんの歯並びはきれいで、女性で言うところの明眸皓歯のようなので、一寸安心できた。

当時の売人どもは揃ってみそっ歯で、目線に落ち着きが無く如何しかった。

顔を下から突き上げて話してくると、魚の生臭い臭いと賞味期限が切れた醤油が混ざったような臭いがして、胸くそ悪くなった。

「箕輪ちゃん、お口くっさーになってないよね」

「大丈夫ですってー」

今の不良と呼ばれる子供達と一昔前の不良達とではいったい何が違うのだろうか。当時も今も頭の毛を皆一応に赤く錆びさせて、学生らしくない洋服を身にまとい、およそ日本人らしくない言葉を巧みに使い、様相とは反してカカオのような甘い香りを発する若者達に時代の壁は、存在していないように感じていたし、同類にしか思えないでいたが、しかし大きな違いが存在しているのもまた事実で、僕もそのことは感じていた。

今の子供達は命を粗末にしていると言うべきか、人の心を粗末にしていると言うべきか、いずれにしても、当時の不良どもの方がほんの一寸ましに感じ、そこに差異を感じていた。

何故なのだろうか、疑問だけが自分の中で口にしているビールの苦みと一緒に大きく広がっていた。

「箕輪ちゃん、弱い者いじめしたり、喧嘩ばかりしていては駄目だぞ、特に喧嘩は強い奴、上には上がいるんだからな」

いつの間にか買ってきた苺ミルクにストローを差し込みながら、とぐっちゃんが言っている。

「いじめなんかしてませんよー、それに喧嘩は負けませんから大丈夫です」

「何で負けないって分かるんだよ」

「道具使ってでも、勝ちますから」

何の気なしに聞いていたが、そこら辺も昔の不良達とは違っていた。

「箕輪ちゃん、殴り合いの喧嘩は素手でやってこそじゃーないのかよ。金属バットや、ナイフを使って勝ったって、勝ったとは言わねーだろう」

古堅が言っている。

「いや、負けるくらいなら死んだ方がましですもん」

僕らの時代、こと不良と呼ばれていた頃の僕らの時代にも、決して喧嘩は少ない方ではなく、むしろ些細な事で波風が絶えず、毎日のように喧嘩に明け暮れていた。

但し、武器を持っての殴り合いなど誰も考えなかったし、しなかった。

「箕輪ちゃん、人殺しになるよりは負けた方がましだろう」

「負ければ、一生パシリっすよ。それに殺さない程度にやれば大丈夫ですよ」

「バーカ、金属バットで殴られて死なねー奴はいねーよ。変なゲームのやりすぎなんじゃねーか」

ゲーム、古堅の一言は何となく靄の掛かった気持ちの中で、知恵の輪が上手く外れたような、ふとそんな気にさせてくれた。

僕らの幼少期は、ベーゴマ、野球、ゴム縄、缶けり、悪漢探偵、めんこ、リリアン、ドッジボール、団子割りなど、お金の掛からない、今で言えば、健全で健康的な遊びが主流を占めていて、一部のお金持ちの子供達ですら、外にロボコンや、マジンガーZの超合金を持ち出して遊んでいたし、組立式のタミヤのラジコンカーをオリジナルに改造して盛り上がっていた。

今の子供達はどうも家に籠りがちで、人とのコミュニケーションを取ることが下手で、所謂ゲーム世代なのであろう。技術が進み、物が溢れている今の時代においては、まぁーそれも致し方ないのであろうが、ゲームの中の自分達のヒーローは、殴られても倒されてもまた元気に起きあがってくるし、それが至極自然で当然の節理であると認識して育ってきている。だから今の子供達、特にいじめる側においては、どんないじめをしても立ち上がって来るものと信じて疑わず、いじめと言うことが悪いことなんだと分かっていても、自分達の生きる過程においては然程重要視しておらず、むしろ遊びの延長上必要不可欠で、自分の力量の度合であり、見せ場とすら考えている。

最もこれは、いじめる側においてだけの認識にとどまらず、いじめられる側においても甘んじて受けざるを得ず、そう言った理由があることもまた事実である。

体力的に力の弱い者、勉強が苦手で成績が悪い者、名前が変だとか兄弟が多いとか貧乏だとか双子だとか、容姿においては、太っちょ、やせ、ちび、でか、ハゲ、出っ歯、だんご鼻、耳でか、いじめの材料など言い始めたら切りがなく、そう言ったことは、いじめる側といじめられる側、両者がとてもよく理解している。特にいじめられている者は、そう言ったことを一番理解しているので、どんな酷い仕打ちにも甘んじて受けざるを得ないのである。ただ、今に限らず昔もそんなことは在ったはずで違いがあるのは、子供達と言うよりはむしろ大人達にあるのではないだろうか、コミュニケーションを取ることが上手じゃない、いじめられても一人孤立してしまうような環境においてしまっているのではないだろうか。

親や先生と言った大人達は、家庭や自分達の生活保守に精一杯生きていて、どうも時間と時代に流されているようで、新しい現実にただ困惑し、自分にも悩みが在るのにひたすら大人社会の中だけで解決を見ようとしている。勿論子供では理解出来ない、語ることを必要としない問題も在るであろうが、人として生きて行く上で大半の悩みや不安、迷いなどは今の時代、子供でも理解出来るのではないだろうか。

僕がまだ幼稚園の年中組になったばかりの頃母が話してくれたことを、とぐっちゃんがくれたするめのマヨネーズの味と共にふと思い出していた。

「ねえーとっくん、英語塾楽しい」

「うん、英語話すとねー、みんなねー変な顔になるんだよ。ベロをねー、ぐるってするから、でもねーそうしないと外人の人には聞こえないんだって、だから先生も変な顔になるんだよ」

「そう、楽しそうね。でもね、お母さん困ってるのよ」

「なんでー」

「英語塾のねー、塾代が高いの、お金がね、凄く掛かるの」

「ふうんー、仮面ライダースナックいっぱい買えるくらい高いの」

「うん、沢山買えるわよ」

「じゃー、行かないから二つ買ってくれる」

「えっ、駄目よ一つなら買って上げる」

「うーん、分かった僕行かないよ。じゃー一つ買ってね」


当時三十円の仮面ライダースナック一袋で取引成立させたのには、自分なりに満足ゆくものであったし、そうせざるを得ない理由もよく理解出来ていた。

自分の家がお金持ちでないこともよく分かっていたのだが、英語塾はとても楽しく、毎週水曜日は楽しみの日でもあったことと、同じ幼稚園に通うみゆきちゃんも通っていたので、ませガキだった僕は、自分から辞めるとは言えなかったのである。但し、二人の姉に言い聞かせられていたせいもあって、母に言われる以前から何となく毎週水曜日に見せる母の憂鬱な表情には、子供心に小さな胸を痛めていた。

僕の家族は父が下町育ちのせいもあるのか、割とコミュニケーションがとれていたのだと思う。最も父が自分の悩み事や心配事を子供に話すことはなかったが、母や祖母が代わって話してくれていたので、めんこやお菓子が容易く買って貰えないことに理由があることは理解していた。

それを不憫に感じてくれていた姉が、小学校の給食で出される牛乳のふたを持ってきてくれて、僕はそれをめんこ代わりにして遊んでいたことに充分満足できていた。

「ねえーとっくん、お姉ちゃんが色付けてあげようか」

「わあー、じゃー王って描いて」

姉が綺麗に作ってくれた僕の牛乳のふためんこは、お友達の市販のそれより強く、特に王選手めんこは最強であった。

今の子供達を一概には責められないし、大人達を責めることも出来ないと思うが、一寸気の毒にも感じている。自分の生活を顧みずと言うか、本当に愛情を体一杯表現するような逞しい大人達もいなくなっているように思えてならない。


高校三年生に上がったばかりの頃、九が停学になったことがあった。

僕らの高校は、バイクに乗ることは勿論免許を取得することも禁止であったので、バイクの後ろに乗ることすら許されなかったのである。

九は、下校時にバイクの後ろに乗っている処を捕まって、生徒指導を受けることとなったのである。

「九、今日バイトだから駅までしかいかねーぞ」

「なーんだよ、つめてーなー、取り敢えず学校の前流して帰るべ」

「かるくだぞー」

調子にのっていた僕は、正門前の道を勢いよく飛ばして行った。

正門を過ぎるとバス通りに向かう生徒達の群が見えてスピードを緩めると、クラスメートを見つけた九がヘルメットを外して、得意そうに手を振る。群がる生徒達の前でバイクを止めたのと同時に、「あっ、臼田だ」誰かがそんな声をあげた。

「九、メットかぶれ」

反射的にバイクを急発進させ、人気の無い処まで来てバイクを止めた。

「危なかったなー九」

振り向くと、音を立てて血の気が引いていくのが分かった。

九のカバンだけがバイクの手すりに挟まっていた。

「なんだ、どうした、どうしてだ」

頭の中でさっき迄の絵が駆けめぐる。

落ちたのか、置いてきたのか、けがはしていないか、ユーターンしながら考えていた。

正門が見える雑木林の間にバイクを止めると、木々の間から丁度九の姿が見て取れた。

生活指導の臼田先生の後をトボトボ連れられている。けがはないようなので少し安心出来たが、観念している姿を見て、僕も自首することにした。

カバンから制服を取り出し着替え始めると、クラスメートの数名が、僕の通って来た道を駆けてくる。

息を切らしているクラスメートは、九からの伝言を預かっていた。

「徳郎、九が絶対来るなって、先輩のバイクで送って貰うとこだったって、臼田には言ってたよ」

「後でバイト先に行くって」

「そうか、有り難う。それで何で九捕まったー」

「徳郎がバイク出した時、メットかぶってるとこでさー、両手ふさがってたから落ちちゃって、九メットかぶったまま尻もちついて、臼田に御用だよ」

何となく後味は悪かったのだが、その場は九の友情に甘えることにして帰路につくことにした。

その日、九は現れず、連絡も取れずに次の日の朝を迎えた。

親父さんと一緒に登校して来た九は、忘れ物を取ると言って職員室を抜け出して来ていた。

停学が決まりその間出された宿題の振り分けを女子に頼んでから、そそくさと九が僕に言った。

「感謝しろよー、出てきた一週間は昼飯おごりな、それと用があったらドラオにいるから」

「ドラオ、パチンコ屋はまずいだろー、で何日くらった」

「宿題さえやれば関係ねーよ、一週間よろしくねー」

「あっ、九、親父さんは」

「怒ってるよー、後でゆっくりな」

その日、学校が終わると一日分の宿題を持って九の家に詫びに行った。

「親父には参ったよー、和夫にさー『ご迷惑おかけして申し訳ありません。人に迷惑掛けるこんな奴は、今すぐ退学させますのでお許し下さい』だってよー、和夫が面喰っちゃって、まあーまあーお父さんとか言ってなだめてくれなかったら今頃首だよ首」

「そっか、じゃー俺、親父さんに謝って来るよ」

「いいよ、お袋も親父も、もう知ってるから、余計なこと言うとまーた俺が言われんだろー」

帰り際、親父さんとお袋さんに詫びると、笑って「ちゃんと勉強しろよ」と言われた。何とも侘しく本当に胸が苦しかった。

次の日、担任の和夫先生がいる体育教官室に足を運んだ。

「おう、何だ」

「はい。あのー」

「九さー一生懸命お前のことかばってたよ」

「はぁー」

「てめーとぼけたって駄目だぞ。サングラスが良く似合ってたんだよ」

「はぁー有り難うございます」

「ボクッ」

自分でも何訳の分からないこと言っているのだろうと思った瞬間いいパンチが一発飛んできた。

「自首に免じて許してやる。もうバイクでは来るな、それから九の宿題手伝ってやれよ」
「はい。すみませんでした。先生僕も停学で…」
「いいから早く行け、他の先生には言うなよ」
あの頃のように僕らを本気で殴りつけたような勢いのある先生は今はいないようである
し、勇気も持たない、と言うか持たせて貰えないようである。
個人の人権やプライバシー保護にばかり気を取られ、本当の意味での「愛の鞭」を落と
してしまっているように思えてならない。
確かに暴力はいけないことで、決して甘んじて許されるものではないし、許して良いも
のでもない、但し「愛の鞭」だけは別ではないだろうか。その人本人自身が持ち、受け取
ることの出来る人を愛する心に嘘偽りは存在しないものであるし、「愛の鞭」の根本が優
しさに他ならないからである。しかしながら、闇雲にそれを使用してはならないことだけ
は、そこで理解と勇気が必要であることも決して忘れてはならない。
重要な要素が全て適合して初めて意味を成す心のアイテムこそが、すなわち「愛の鞭」
だからなのである。

そう言えば、何度か頂いてきた「愛の鞭」の内、決して忘れることの出来ない「げんこつバージョンの愛の鞭」をたった一度だけ、父から貰ったことがあった。

その年の冬は随分と冷たく厳しく感じとれていて、それこそ身も心も凍り付いてしまうほどの寂しさを持った冬の到来であった。

「お前、東京者なんだって、調子こいてんじゃーねーぞ」

僕は、それまで義務教育の三分の二を東京の下町で過ごしていた。それこそ、銭湯のおばちゃんから、駄菓子屋のおじちゃんまで僕のことをよく知っていて、下町人情と言うものが自然と体に染みついていた。だから、自分の存在が知られていない等と言う不安にかられることもなかったし、ましてや住んでいた環境の違いでいじめられることになるとは思ってもみなかった。

「調子になんかのってないよー」

「ふん、じゃーなんで弁当見せないんだよ」

「見せたくないからだ。お前に関係ないだろう」

「なんだこいつ一気取ってんじゃーねーぞ」

転校して初めての冬の出来事であった。

東京の古い友人が忘れられなくて、一年近くも友達が出来ずにいた僕は、いじめっ子達には、格好の的であった。

家に帰っては、そのストレスを家族、特に母にぶつけていた。

「くそババー、なんで弁当のおかずがのりと鰹節だけなんだよー、今日も弁当食べられなかっただろう」

そう言って、一度も箸を着けていない弁当箱を投げつけては、僕が母を困らせて、いやいじめていた。

なぜいじめなのかと言えば、自分の家が裕福でないことも分かっていたし、自分の言っていることや、とっている行動がいじめっ子達のとる行動によく似ていて、決して良いことだと思っていなかったので、自分は母をいじめている、そう認識していた。

そしてその夜、父に叱られたのである。

「お前はそんなに弱い男だったのか。弁当に色とりどりのおかずが入っていないと人前で弁当も食べられないのか」

「お父さんには分からないんだよ。毎日一人でいじめられる辛さが」

「お前が学校で一人でいることも、いじめられていることも、お父さんもお母さんも分かっていたんだよ。でも、いつか自分の弱さに気が付いて、東京にいた時のようにお友達を沢山連れて来ると思っていたのに、それがどうだ、お前は弱いお母さんをいじめて自分の責任を押し付けているだけじゃないか。お前がそんな責任感のない男だとは思わなかったぞ、弁当のおかずの問題は、お父さんの責任であって、お母さんには何も責任はない。だから、こっちで友達をつくろうとしないことや自分自身がいじめられることと、お母さんが一生懸命作ってくれるお弁当の問題は別の問題だぞ」

「うるせー何が責任感だ。あんなの弁当じゃない」

「ゴンッ」

頭が割れそうに痛かったが、それよりも父に初めて殴られたことの方がよっぽど痛かった。

大粒の涙のせいで、目の前が水泳で潜水しながらひっくり返って、空を見上げたくらいぼやけて見えた。

「徳郎いいか、責任と言うのは、自分が話す言葉、自分が起こす行動、全てについているもので、良いことでも悪いことでもどんな理由があっても、最後に決めた自分の責任と言うものが少なからず必ずあるものなんだよ。例えば、お前が歩き出そうとしている時に、お父さんが歩き始めは右足からにしなさい、と言ったとするね。お前は怒られるといけないので右足から歩き始めた。すると十歩めの右足で、大好きなカブトムシを踏んづけてしまった。全てお父さんの責任と思うか」

僕はその時父の言っている意味が良く理解できていたのだが、口を動かすと大粒の涙がこぼれて、景色を元に戻してしまいそうだったので黙っていた。

次の日僕は、恐る恐る弁当箱の蓋を開けた。

いつもの如くいじめっ子達がやってきて冷やかし始めた。

いつもならそこで蓋を閉じてしまうのだが、その日はそうしなかった。

「おっ今日こいつ弁当食ってるぞ」

その日の弁当の献立は、いつもと大差ないどころか、もっと酷いものであった。白米の上に紅鮭が一切れのっているだけで、端から見ればおよそ愛情一杯のお弁当とは言い難いものであったろうが、そんなことはどうでも良いことで、重要な問題ではなく、要はその日の僕の決意であった。その日は、どんな罵声を浴びせられても耐えきる覚悟でいたし、根拠もないのに不思議と勇気があって、恐れも恐怖も湧いていなかった。たぶん、父や母を悩ませるよりは容易いことであったし、貧しさが恥ずべきこととも思っていなかったせいだからであると思う。

「お前東京もんのくせに、貧乏たれな弁当だなー」

案の定いじめっ子達は、僕の弁当を肴にして笑い始めた。

「バーカ、東京じゃー、弁当にタコのウインナーや甘ったるい卵焼きを入れてるのは、女子だけだぞ。男は腹に入れれば何だっていいだ。それに家は貧乏だから今日は良いご馳走だよ」

そう嘘と負け惜しみで、自分といじめっ子達に言い聞かせていた。

そんなやりとりが一週間も続いたであろうか、母の愛情一杯のお弁当で僕がいじめられることは無くなって、気の合う仲間が何人か出来て行った。

今思えば、あの頃の僕は心にぽっかりと空間が出来ていて、その存在に否定的でむしろ広げては、泣いて苦しんで最後は孤独との戦いであった。

父から頂いた「愛の鞭」と母の優しさは、責任感と言う重く難しい言葉と共に、今なお僕の中で育まれている。

だから「愛の鞭」は、ふるう側と受け取る側双方が、「愛の鞭」が必然のことと認識し納得して初めて効力を発するものであると確信し、だからこその必要不可欠な心の必勝アイテムなのである。ただ、ここで一つ付け加えておかねばならぬこともある。それは虐待である。

善悪の判断や思考能力が未熟である幼年期の子供については、「愛」こそ必要であって「鞭」は全く以て必要ない、幼少時期の子供は叩かれると言うことは、恐怖以外の何者でもないからで、つまりはそれが虐待や体罰として心の中に収まってしまう可能性が極めて高いからなのである。

人はそれぞれに考えや心を持ち、またそれを考慮して理解することが出来るとても素晴しい、存在意義の高い生き物であって、存在意義の無い素晴しく無い人などは、どこにも存在していないはずであるが、一つ使い方を誤ればそれはとんでもない事態へと導かれてしまうものである。だが、大半は話して分かり合うことが出来るであろうし、思いやりや優しさを必ず持ち合わせているものでもある。

しつこいようだが、愛情に対する認識がままならぬ内は、「鞭」は暴力へと変化する可能性をも秘めている以上、善悪が背中合わせに交差していることへの認識度をふるう側の大人達が、心の中で必ず強く持ち続けなければならないのである。

最近は、先生や親が子供に対する扱いで、体罰や虐待と言う言葉が多く聞かれ、社会問題にまでなって大きく報じられることが多分に広がり、大人社会の中でそれがある意味ストレスを生じる原因になっているのではないだろうか。

個人の権利を主張し、プライバシー保護を訴える大人社会に相まって、義務を忘れた子供社会、そんなものを守ることが閉鎖的な社会や空間を作りだし、いじめや犯罪が多発する原因となってしまっているように思えてならない。

コミュニケーションとは、本来人に対する思いやりを育てる唯一の場であるべきとても大切なことなのに、近年社会においてはあまり重要視されることがなく、むしろ事件やその結果ばかりが優先され、そうなってしまう過程については少々触れる程度で、解決までの本質になかなか辿り着いていない。

高齢化が進み、コミュニケーションを上手に取ることの出来ない子供達が少なくない中で果たして今後の社会を支えていけるのだろうか、ふとそんな不安に駆られていた。

「ほにかく、金属バットといじめは駄目よー」

とぐっちゃんが今度は、小梅ちゃんの大玉をしゃぶって、もごもご言っている。

「分かりました。反省します」

「そっ、人を思いやることは大事なことよ、自分の我が儘だけじゃー世の中旨く行かないってことよ」

そう言う新もまた、とても素晴らしい両親の愛情の中で育てられた元悪童君なのである。


「なあー徳郎親父に言ってやってくれよ」

「ああー何を」

当時高校に入学したばかりの僕らには、バイクは憧れの乗り物の一つで、高価な代物であったので、同世代の大半の悪たれ供は親のすねにかじりついては、自分の欲望を満たしていた。

「みんな乗ってるんだからバイクの金貸してくれって言ったらよー、みんなって言うのは世界中のみんなかって言いやがるんだよ」

その時新が言うには、「世界中のみんなが乗っているのなら、仲間はずれだから買ってやる」と親父さんが言うので、一緒に頼んでくれと言うものであった。

僕と新とは誕生日も近く、一緒に教習所に通い免許を取得していた。但し先に述べたとおり、高校の校則ではバイクに乗るどころか、免許の取得さえ認めて貰えていなかったので、わざわざ東京の知人に頼んで住所変更を行い、品川の鮫洲にある免許センターで免許を取得していたのである。そうしなければ、千葉の免許センターに先生方が調べに行って、御用に合うとの噂話が流れていて、念には念を入れていたのである。

「新、そりゃー無理だな、親父さんの言うことの方が正しいって。バイトして稼ぐしかねーな、なんつったって俺たちゃ貧乏家族なんだからよー」

「かったりーけどしょうがねーか、折角免許取ったのによー、ぼんびー家族だもんなー、しかしくそ親父旨いこと言いやがってよー、俺も子供が出来たら言ってやる」

しばらくして、二人で安い中古のバイクを買いに行った。

自分でお金を出したせいか随分大事にして、色々とステッカーを張り付けて格好良くなったつもりでお互いに自慢し合っていた。

新の親父さんも、自分の父親も、買ったことについてはそれ程叱ることはしなかったが、「人に迷惑を掛けるような乗り方だけはするな」と顔を見る度に言っていたので、僕らも乗れなくなるよりはましだと思い、自分の家の近所や友達の家の近所ではエンジンを切って押して車庫入れしていた。

だからもっぱら僕らのドライブは人里離れた山の中で、バイクを「ブイブイ」言わせては満足していた。


「新さん任せて下さい。自分は思いやりの固まりっすよ、人にも自分にも優しいっすから」

三本目のビールを飲み干して、つまみ代わりの納豆をこねながら、赤ら顔で箕輪ちゃんが話している。

「そうか、自分にもって言うのが一寸気になるけど、まあ良しとするか」

箕輪ちゃんの笑顔はニコちゃんマークのティーシャツのようで、嘘偽りの笑顔ではなかった。

そんな笑顔を見ているうちに、これからの時代を共に背負って行く者達に対して、少し考え違いをしているのかもしれないなとその時感じていた。

確かに僕らがそうだったように、犬が西むきゃ尾は東では納得どころか、反発まで感じていたなと思い、周りにはまだまだ素敵な人がうんといて、よっぽど苦慮しているような気がしてきて、恵まれた環境にだけは甘えないようにしなくちゃなと思っていた。

ほろ苦いビールの旨みが、少々苦みに感じ始めた頃、甘い巨峰サワーに替えて「グヴィッ」といくと、いつの間にかその日の話題も大好きな野球の話へと変わっていった。

「カッキーン」

快音を響かせたものの、新の放った打球はショート正面で受け捕られていた。

「よし、箕輪ちゃん思いっきり行ってこい」

「はい」

颯爽とバットを持って打席に入る箕輪ちゃんの姿に、いじめっ子の面影は微塵も感じられず、真剣な眼差しだけがきらきらしていて、物事の善悪について理解を持たない、今の世の悲しく寂しい問題とはほど遠く感じ、これから先は、思いの外明るい話題が満ちてきて必ず解決の糸口を見つけ、世間からの悲しいお知らせがきっと減るなと思い、箕輪ちゃんに力一杯声援を贈った。

三回の攻撃、ゴリラチームに吹いた風は、「あれれれ」どこへ行ってしまったのか、幹ちゃんの叔父さんのナイスピッチングの前に程良い風に戻り、箕輪ちゃんの思い切りの良い三振で三者凡退、パーフェクトに押さえ込まれていた。

「まだ一点差だー守っていくよー」

「おうー」

勇気づけ合いながら、ゴリラの夢はもう少し時間が掛かるのかもしれない、そんな気にもさせられたが、雑草と芝が上手い具合に調和しては綺麗に写してくれているレフトの守備位置に、ローリングスのピカピカのグローブを片手にたったかと走って行った。

「第四章」～昔取った杵柄《きねづか》～

僕らはプロ野球選手ではないので、この早朝野球に生活を掛けて戦っている訳でもなければ、これしか生きる術はないと言う訳でもない、なのに野球に対する思い入れや、勝負に対する意識はことのほか強く、プロ選手にも優るとも劣らないものがあった。

へまをすれば誰よりも本人が自分自身の不甲斐なさに対して怒りを露にしていたし、ナイスプレーでチームの勝利に貢献出来れば皆無欲で歓喜していた。

勿論チームメイトは、人の失敗を慰めることはあっても責めることはせず、ナイスプレーには無心で称賛していた。

だから、自らを激怒させたり、褒め称え意識の向上を飛躍させたり、チームの志気を高めることに自然と繋がっていた。

そんなことは、人としてどうだとか、道徳心がどうだとか、思いやりがどうだとか言うべきものではなく、ただ単純に野球が好きで、大好きで、たまらない、そんな連中の意識の中における自然の範疇でしかなく、こうしなければ絶対駄目だと言う方程式の心の産物でもなかった。

最近よく「癒される」「癒し系」と言った類の言葉をよく耳にするが、僕の中では、活躍如何を問わず、ゴリラチームそのものが正に癒されるチームであった。

毎週、毎週が「わくわく」「どきどき」の連続で、何より僕はゴリラチームの一人一人の気持ちが大好きで、見てくれや形だけにとらわれない真の男くささが、たまらなく気持ちを穏やかにしてくれていた。

僕の中では、これこそが人が求むるべき、心の真髄なのかもしれない。そんなふうに感じることも出来たし、事実和んでいたのである。

精神的、心理的問題と言うのは、人として生きる以上、世界共通の課題であって、心が弱いと思っている人だけが抱えているものでもなければ、年齢、性別、人種や職種に左右されるものでもなく、全ての人に共通しているものである。

だから人は心のゆとりや安らぎを求め、日々苦悩しているのである。

ある人は目に見えない神に祈りを捧げ、またある人は肉体的限界まで鍛え上げ、寝る間も惜しんで勉学に励む、そうした鍛錬や試練に耐えて無理矢理にでも作りだし求め得た、満足感や達成感などと言ったものが力となって、幸福感をなんとなく持たせているものなのかもしれないなと感じてはいるものの、物事を考慮する上では、本当はもっとミクロの世界で考えて単純で簡単なものなのかもしれないなとも思っていた。

人は信頼や尊敬の念と言ったものを受けるために努力を惜しまない、それがしいては心の安らぎに繋がることに疑問の余地はなく、むしろ多くの天才と呼ばれる人達や人生の達人たちはそうして培ってきたものなのかもしれない、それでは自分には人より優れた能力や秀でるものがないと思い込んでしまっている人たちは幸福感を感じ得ることは出来ないのであろうか?

そうではなく、そう思う人であっても人生は続けていかなければならず、生きている中で全く得るものがないと言うわけでもない。

人は全能の産物でなければいけないと言うわけでもなく、どんなに努力しても欲望を全て満たすことが出来るわけでもない。

心の病を癒すとき、人が生まれながらに持っている、考える力や愛情といった、心のほんわかと温かい部分のものを大切に育ててみると、わりと自分自身の中では納得出来るものなのではないかなと思っている。たぶんどんな事でも軽薄な趣は人を向上させるものではないし、引きつけることもなく、何よりも自分自身が納得出来ないはずで、心にゆとりや安らぎを生むものでもないからである。

人よりちっとも自信が持てない人であっても、自分が人から受けて、嫌だなと感じ思うことを生あるもの全てに対して行わないことで、ある一定の人間関係や社会関係における諸問題は解決を見ることが出来るであろうし、それにより生じてくる優しい趣が、時に満足感や幸福感をもたらすことにも繋がるものであると思っているからである。

だから心の安らぎと言うものは、どちらかと言うと鍛錬や試練のみで得たものだけに頼らずとも、自分自身の中に必ずある思いやりと言うものを大切にすることでも充分に努力と同じくらいの価値があり、人生を有意義にしてくれるはずである。但し悲しいかな、世の人々が皆同じ価値観でいるわけではないことだけは理解しなければならない。

自分自身が信じているものを壊されたり、信じられない行動や言動に怒りや憤りを感じ、自分自身の価値観をも否定される出来事に遭遇することも時としてあるかもしれない。僕はそんなとき、何時も自分を信じることにしている。何が正義で何が悪か分からなくなっても、自分を信じていれば、人から自分が受けて、受けきれないものは自分の人生においては必要ないものとして捉えることとしている。そうすることで、またそうしなければ、人としての本来の良さが損なわれてしまうようで不安に駆られてしまうからである。例えそれが、一千人の部屋の中で九百九十九人に否定されたとしてもである。もっとも今のところ九百九十九対一になったことがないことだけは幸いしている。

僕は決して賢い方ではないので、人としての価値だとか幸せがなんだとかなどと言うことを真剣に考え、ある程度自分の気持ちを確立させるまでに随分と貴重な時間を過ごしてしまった。もっとも今なお継続中でもある。

「先生、お久しぶりです」
「おうー元気でやってるか」

「はい」

そう応えて、卒業した母校の職員室のドアを開けたのはもう十年も前のことである。

「今日は何だ。結婚の話か」

「いえいえ、まだそんな身分じゃないですよ」

「何だ、彼女の一人もいないのか」

「いえいえ、彼女はいるんですけど自分自身にまだ自信が持てないもんですから、自分が支えてあげられるだけの自信がついてからと思ってます」

「お前は本当にまだまだ甘ちゃんだな」

「はぁー」

「お前は自分一人で本当に何でも背負えると思っているのか」

「はぁー」

「今のお前じゃー五十になったって結婚出来ねーや」

当時二十代そこそこの若僧だった僕は、先生の言った意味が半分程度しか理解出来ておらず、男として、自分が妻や家族を支えていくのは当たり前のことでその自信が持てない以上、結婚などと言う言葉を軽く口にするものではなく、烏滸《おこ》がましいとさえ思っていた。

「先生、自分が守ってあげられるまでは、結婚なんて考えられませんよ」

「そんなふーに言ってたら、徳郎お前パンクしちゃうぞ、人というのはな、こと夫婦というのは助けあってこそ価値があるし、そうでなければ意味がないもんなんだぞ。今のお前のように何でも俺が俺がでは、お互いに疲れちゃうんだよ、もう一寸人を信頼していかないと、お前の良さがなくなっちゃうぞ」

「はぁー、そうですね」


そんな人に頼るような考え方をするのは、自分に自信が持てないやつで、弱い人間だとその時は思い、取敢えず曖昧に返事をしていたのを覚えている。最も今は、あのとき和夫先生に言われた言葉が良く理解出来ていて、だからこそ結婚をしよう、したいと思っているのである。

人は一人では生きていけない、そんなことは百も承知で生きて来ていたのだが、弱い者をかばい、助けて行くのが、自分の務めとさえ思っていた。だから自分自身が弱い、身体的にではなく、心が病むような弱い立場になることがあるなどとは微塵も思っていなかったし、そう感じたことなど今の彼女と出会うまでは気付かずにいた。

自分の悩みを人に打ち明けることが、生きて行く上でこんなにも大切で重要なことで、自分も悩み多き弱い人間だと自覚させられるものだとは思わなかった。

人は誰しも悩みや不安を抱え、それを自分だけで解決を試みようとする行為が必ずしも正しい選択ではなく、かえって事を大きくすることに繋がることもあると言うことを認識出来なければ、辛く悲しい人生も覚悟しなくてはならず、今では、和夫先生のあの言葉の意味は、「人に対する思いやりも持てなくなるぞ」そう言われたのではないかと感じている。

人に対する思いやりと言うものは、僕の人生にあってと言うか人としての心の在り方において、最も重要なものと認識していたので、それが損なう可能性があったのかと考えると、無意識のうちに「ぶるぶる」ときて、サボイボが出てきて恐怖さえ感じてしまう。

今は一寸大人になって、早朝野球の仲間達や、愛する者との繋がりは自分自身の中では心を通わせることが出来る幸せの場で、恐怖や不安からも守って貰える場でもあるのかな

郵便はがき

恐縮ですが
切手を貼っ
てお出しく
ださい

160-0022

東京都新宿区
新宿1－10－1
（株）文芸社
ご愛読者カード係行

書名			
お買上書店名	都道府県　市区郡　書店		
ふりがな お名前		明治 大正 昭和　年生　歳	
ふりがな ご住所	□□□-□□□□	性別 男・女	
お電話番号	（書籍ご注文の際に必要です）	ご職業	

お買い求めの動機
1．書店店頭で見て　2．小社の目録を見て　3．人にすすめられて
4．新聞広告、雑誌記事、書評を見て（新聞、雑誌名　）

上の質問に1.と答えられた方の直接的な動機
1．タイトル　2．著者　3．目次　4．カバーデザイン　5．帯　6．その他（　）

ご購読新聞　新聞	ご購読雑誌

文芸社の本をお買い求めいただき誠にありがとうございます。
この愛読者カードは今後の小社出版の企画およびイベント等の資料として役立たせていただきます。

本書についてのご意見、ご感想をお聞かせください。

① 内容について

② カバー、タイトルについて

今後、とりあげてほしいテーマを掲げてください。

最近読んでおもしろかった本と、その理由をお聞かせください。

ご自分の研究成果やお考えを出版してみたいというお気持ちはありますか。

ある　　ない　　内容・テーマ（　　　　　　　　　　）

「ある」場合、小社から出版のご案内を希望されますか。

する　　しない

ご協力ありがとうございました。

〈ブックサービスのご案内〉

小社では、書籍の直接販売を料金着払いの宅急便サービスにて承っております。ご購入希望がございましたら下の欄に書名と冊数をお書きの上ご返送ください。（送料1回380円）

ご注文書名	冊数	ご注文書名	冊数
	冊		冊
	冊		冊

と思っている。

試合が終わって、皆に結婚の意思を伝え、式が終わったら和夫先生に葉書を出そう。そんな風にふと思って、帽子を深くかぶり直して三回目の守備についていった。

「おや？」

芝生のはげたレフトの定位置につくと、さっきまで吹いていたはずのゴリラチームへの追い風は残り香さえも消えさっていた。

「ふーん」

一寸の間、たそがれ気味に空を眺めていると幹ちゃんの投球練習が終わり、小林君がセカンドへの投球練習を投げ込んでいた。

「ナイス、キャッチャー」の掛け声が、あちらこちらから聞こえ、僕の不安はその志気の高さで安堵へと変わり始めたのもつかの間、幹ちゃんの制球が乱れ始めていた。

「ボール、フォア」

審判がフォアボールの判定を下し、ノーアウトのランナーにユニオンズチームの歓喜の声が高まり始めてきていた。

ゴリラチームには一寸、冷たい風なのかなと思い、グラブの型を二度三度叩き弱気の自分自身に活を入れていた。

幹ちゃんはゴリラチームに移籍してきた後も名サードでいたのだが、朝ゴリラのエース祐二が仕事でいないことと、センスの良さでここまで投げ抜いていた。

「カッキーン」

ノーアウト一塁がノーアウト一、二塁に変わり更に連打を浴びて、二点を献上してしまった。

三回に入ると、確かに球は高めに抜けるような場面も見受けられ、幹ちゃんが帽子を片手に額の汗を拭う回数が増えていたのだが、それでもちょっとやそっとで打たれる球でもなかった。

ユニオンズ打線がそれにも増して凄いのである。

それでも何とかツーアウトまでこぎつけると、信じられないプレーが起きた。

強打者揃いのユニオンズ打線、それでもようやく下位に打順が回ってきていて、レフトの守備位置を浅めに変え、シングルヒットまでなら二塁ランナーはホームへは返さないつもりで、一寸腰を落としセンターよりに一、二歩カニ歩きをして、かかとを強く地面に押し付けた。

「カッキーン」

「よっしゃーショートゴロだ」

そう安心して一、二歩前に出た瞬間僕の前にボールが飛び跳ねてきた。

「えっ、うそ」

新がトンネルしている姿を見たのと同時に必死にボールを捕まえに行っていた。

幹ちゃんがマウンドを下りてホームよりで両手を大きく広げ、早く早くの合図を送っている。

どちらの歓声なのか分からぬ「ワァーワァー」の中で、無我夢中で幹ちゃんにボールを送ると、二塁ランナーがサードベースを回ったところで止まったのを見て少し安心した。

「しょうがない。しょうがない」

「オーケー、オーケー」

「ドンマイ、ドンマイ」

皆、新をかばっていた。

「こらー新、トンネルはまずいだろう」

「ごめん。ごめん」

新がそう言って、二度、三度グラブを叩いて首を傾げている。

尻こそばゆい思いと同じく、首を傾げる気持ちも良く分かった。

だって僕も首を傾げていたのだから、その傾げた首の重さが重力や質量だけによるものでないことは理解出来たし、信じられない出来事を目の当たりにして角度を変えている様は、昔テレビで見ていたユリ・ゲラーのスプーン曲げを見ている首の折れ曲がり方に近いものがあり、僕の中ではそれ程新のエラーには重みと驚きがあった。

ピンチには滅法強く、大事な場面では必ず良い結果をもたらしてくれていた新が、このユニオンズ戦でまさかのエラーを記するとは、誰も想像出来ずにいただろうし、現に皆大声を出しながら、空を見上げる様は、たそがれ時の遠くの海を眺めているようだった。

むこうはチャンスで、こっちはピンチなのに幹ちゃんがセットポジションに入ると妙な静けさに変わった。

「ブウーン」

幹ちゃんがこちら向きになってボールを投げている。

「ザザザー」

「アウトー」

「えっ、なになに、どうしたのどうしたの」

チェンジの声を聞いてベンチに走って行くと、新が幹ちゃんに「ごめん、ごめん」の片手観音様ポーズを取りながらハイタッチしている。

新が自らのエラーを幹ちゃんとのアイコンタクトで、牽制アウトにしてしまったのである。

「ねー新、ウインクでもしたの」

「中学の頃から得意だったんだよ」

そう簡単に言っていた新と幹ちゃんとの絶妙なコンビネーションプレーは、野球部で試練に耐えた者同志で培ってきた、鍛え抜かれた技なんだなと思い、二人ともさすがだなと感心していると、負けているのに皆の顔が朗らかさんになっていて、野球の楽しさを痛感させてくれていた。

感慨に浸りたそがれている場面ではないなと思い、パーフェクトだけは阻止したい、そんな思いでこっそり素振り用のマスコットバットを手にベンチ裏へと歩を進めた。

イメージは、元木選手スタイルだ。

三回を終了し、三対〇で負けていて尚かつパーフェクトに抑えこまれていた。

但し、僕も皆もニコチャンマークの朗らかさんである。

「第五章」～これが野球だ～

正直言って僕らゴリラチームは、ユニオンズと比べてしまえばまだまだ未熟で、野球に対する姿勢や思い入れを含めてやっとこさ三七かなと思っていた。それを口にすることは決してしなかったが、諦めているわけでもなかった。

「よっし、小林君次の回から頼むわ」

「分かりました」

四回を三者凡退に切って取った幹ちゃんが、勝つための必勝リレーを申し出ていた。

先攻だったゴリラの攻撃は誰も塁に出ることができず、ユニオンズチームのパーフェクトゲームが続いていた。

ユニオンズの上位打線に対する四回裏の幹ちゃんのピッチングは快刀乱麻、気迫の全力投球だったので、押さえのエース小林君にピッチャーの交代を自ら任せることにしたのである。その気迫と勝利への拘りが、五回のゴリラチームの攻撃にただならぬものを予感させていた。

「よっし、幹ちゃん頼むぞ」

「あいよ」

五回先頭打者は、幹ちゃんからのクリーンアップ、勿論五番を打たせて貰えた僕にも打順が回る。

「新型の元木選手スタイルが決まる」そんなふうに思っていた。

「カッキーン」

「ファール」

幹ちゃんの痛烈な三塁線へのあたりは、惜しくも僅かに三塁手の頭の上を抜けると、グーンと曲がってレフトの横ファールゾーンで飛び跳ねた。

「ナイスバッチ」

「いける。いける」

打球の速さにも驚いたが、更にびっくりしたのは幹ちゃんの駆け足だった。

既に一塁ベースを周り駆けていて、感じで言うと忍者服部半蔵と言うところだろうか。

「ブーン、ブーン」と二度ほど素振りをして、バットを太股と下っ腹の間に挟んで屈伸してから打席に立つと、イチロー選手の右打ちバージョンのように片手でバットを持って、センター方向に真っ直ぐ立てて左肩のユニフォームの袖をキュッと上げた。

全身全霊の魂ボールを投げたばかりなのに、めちゃくちゃ格好良いのである。

「ぶるぶる」として、サボイボが出てきてしまった。

「うーん、格好いい」そう僕が呟いていると、横でスポーツドリンクを飲みながら、煙草をとても美味しそうに燻らしているとぐっちゃんが「ぷかー」としながら、ぽつりと言った。

「まだ早いな」

とぐっちゃんは、朝ゴリラチームの技術面監督であったので、幹ちゃんの痛烈な三塁線への打球を見てバットの始動が早く、もっとためてから打たないと駄目だと言ったのである。

「そうか、早いか」

「ああ、早いね」

とぐっちゃんが、またまた煙草を「ぷかー」とさせた瞬間「パシッ」と言う音が聞こえ、幹ちゃんがバットを叩き離し一塁ベースへと駆けていて、ボールは名手柳君の処で吸い込まれるようにグラブに納められ、「ヒュッ」とファーストミットに投げ込まれてきた。

「アウトー」

「一寸早かった。引っかけちゃったよ」

戻ってきた幹ちゃんが、言っている。

「うん。うん」

僕はとぐっちゃんの方に顔を戻して、感心して頷いていた。

「なっ」

とぐっちゃんは、一寸得意げな表情でスポーツドリンクを美味しそうに「ゴクッ、ゴクッ」としている。

「よーし、小林君一発いっちゃってー」

新が期待の四番打者に声援を送っている。

「カッキーン」

初球から豪快に振り抜いた打球は、もの凄い勢いでレフト脇のネットに突き刺さった。

「オーウ」

大ファールだが皆が打球の速さに驚いている。

小林君は、朝ゴリラの不動の四番打者だが、駆け足は遅いのでホームベースを跨いだ程度の処までしか辿り着いていなかったが、バットを握る右腕の筋肉がぴくぴくしていて、力の入れ方が凄じさを感じさせていた。

幹ちゃんと同じようにバットを挟んで屈伸して、幹ちゃんより一回多く素振りをして、両手でバットを持つとセンター方向にバットの先を合わせて、もの凄い集中力で、ピッチャーに向き合った。

その姿は迫力があって、仲間の僕も思わず「ぶるっ」ときて、またまたサボイボが出てしまった。

「全然早いな」

「えっ、小林君もか」

「あぁー、早すぎる」

スポーツドリンクの蓋をくるくる回して「キュッ」と閉めると後ろのポケットから極太ソーセージを取り出して「むしゃ、むしゃ」しながら言っている。

「とぐっちゃん、どうでも良いけど食べたり飲んだり忙しいね」

とぐっちゃんの早業に見とれて、サボイボが引っ込んでしまい、これでは僕の体の方が体調不良になりそうな気がして、バッターサークルに向おうと腰を上げて固まった。

「カッキーン」

「オーウ」

歓声と共に上がった打球は、前半に柳君が放った打球に優るとも劣らない凄い打球で、飛距離だけで言えば柳君より飛んだのではないかと思った。

「ナイスバッチー」

「勝ってる。勝ってる」

皆が応援している。

「あれじゃー入らないんだなー」

一寸目を離した隙に今度は、二本目の煙草に火を入れ「ふー」としながら、とぐっちゃんが言っている。

「早いのか？」

「もうー全然早いね。こりゃー幹ちゃんと同じサードゴロだな」

幹ちゃんのお父さんのリードは絶妙で、早い球はインコースにボールを要求して、勝負どころはことごとく外角への緩いカーブで徹底して攻めてきていた。

小林君もそれが分かっていて、狙っているそぶりは見えるのだけれども、如何せん力が入りすぎていて、構えと同時に奥歯が「ギリギリ」音を立てて聞こえてくるようだった。

幾度となくボールを選びながら、ファールを繰り返してカウントはツースリーまできていて、尚かつそこから二球ほど粘って、痛烈なあたりを三塁線へ放った。

「カッキーン」

柳君の前では痛烈なあたりも平凡なサードゴロに変わり、難なくすくい上げると、名場面集で観たミスターのように華麗にアウトにされてしまった。

とぐっちゃんのそばを離れ、バッターサークルにいた僕に皆からの声援が飛び交っている。

イメージはもう出来ていたので、元木選手のようにバットの両端を掴んで、胸の前で左右の腕を互い違いにして、肩の筋肉をほぐしバットを回しながらストレッチをして、幹ちゃんや小林君のように屈伸してから打席に立った。

右足に重心をのせて、左足でタイミングを取っていると、いきなり「ズバッ」とストレートがきた。

「ストライーク」

審判が右手で親指を突き立てている。

面食らってしまっていたのも事実だが、全くタイミングが取れないのもまた事実だった。

思わず首を傾げて打席を外した。

「こらー徳郎、またへんなこと考えてねーか」

新に僕の新型フォームを見破られ、見ていても格好悪かったのであろう。

怒られてしまった。

「おっす。すんません」

一応素直に返事をして、もう一度元木選手スタイルでタイミングをはかってみた。

「ズバッ」

「ブーン」

「ストライーク」

「こりゃまいった」

全くタイミングが取れず追い込まれてしまった。

「へいへーい変わってねーぞ」

新に言われて付け焼き刃では駄目だと分かって、今度は本来の形に戻して構えに入った。

「ヒュッ」と音を立てて投げ込んできたボールは高めに浮いてきて、しっかりと見て取れた。

「ナイスセン、ナイスセン」

「そう、そう、そのかまえよ」

新に誉められて、一寸安心できた。

横長のベンチの一番角で「ぷかー」と煙草を燻らしているとぐっちゃんの方に視線を投げると、オッケーサインで手首をこねている。

一寸変なオッケーサインに、にやついてしまったが、グリップエンドに小指を掛けて力が入り過ぎないようにして、構えに入ると、幹ちゃんの叔父さんはもう振りかぶっていた。

「グウーン」と右腕がしなってくると同時に、僕の腰もスイングの軌道に入り始めた瞬間、とぐっちゃんのサインの意味が理解できた。

腰は廻り始めているのに、球が来ないのである。

「ブーン」

「スパーン」

「ストライーク、三振バッターアウト」

緩い球は、ストライクからボールになる変化球で、僕はまんまとおじさんバッテリーにはまってしまったのである。

バットを両手で地面に叩き付け、悔しがってはみたものの、自分の頭の悪いことに不甲斐なさを感じ、首を「ガクッ」としてしまった。

「オッケー、オッケー」

「しょうがない。しょうがない」

「次頑張ろう」

皆が慰めてくれながら、守備に走って行く。

僕もくよくよせずにグローブを取りに行こうと思い、ベンチに向かうと、十番バッターで守備機会のないとぐっちゃんが、「カーブって言ったのに」と言いながら、僕のグローブを差し出してくれた。

「ごめん、ごめん、次がんばるよ」そう言ってグローブを受け取った。

日差しは強く、心にまで突き刺さる悔しい思いだったが、幹ちゃんに「まだ回ってくるから大丈夫」そう言われて、沸き上がる熱い血の気を少し冷ますとともに、「とほほほ」気味の気持ちを入れ替えるつもりで、額の汗をリストバンドで拭い取り、グラブを二つ三つ叩いて型を整えて大声を張り上げた。

「この回しめてくよー」

「オウー」

センターの泰雄に守備練習のボールを少し高めの球で投げ返しながら、今日の試合も多分ユニオンズには勝つことができないだろうな、そんなふうに思っていた。

ただ、ちっとも活躍できない自分がいるのに、皆のやる気と頑張りに引き込まれて行く自分が何となく好きになれて、全てを諦めていないことも確認できていた。

諦めると言えばつい最近職場でこんな話をしていて、恋の病の重さを改めて認識していた。

「何で自分には恋人ができないんですかねー」

「はあー？いきなり何言ってるんだよ」

実はともちゃんには、好意を抱いている女性がいた。

僕は気が付いていたのだが、改まって聞くことはあえてしないようにしていた。

しかし、どんな話題であっても最後はどうしても必ずその子の話に行き着いて、恋の行方の解を僕に訊ねて来ていた。

最も僕は、愛だの恋だの憎しみだの裏切りだのと言った類の話は苦手にしていたことと、僕の中での恋愛は自らの行動が全てだと思っていたので、ともちゃんに何を聞かれても気の利いた言葉を語ることは無く、曖昧な表現でその場凌ぎをしては、ともちゃんの苦難の表情を更に曇らせ、恋の病を悪化させていた。

さて、少しともちゃんの話をさせて戴くことにする。

ともちゃんは、僕の係で筆頭担当者で頑張ってくれていて、仕事が特に出来ないわけでもなければ、特別頭が悪いわけでもなく、どちらかと言えば同世代の連中と比べてみても優秀な方だなと思っていたし、容姿も多少太めではあったが、恰幅が良いと言う程度で決してまずいと言う訳でもなく、むしろ清潔感のある癒し系ふとっちょと言う感じで、とても愛嬌があると思っていた。

但し、幼少期からのいじめや、優しすぎる性格のせいで、随分と苦労して生活をおくってきていて、自己嫌悪に陥り、物事の概《おおむ》ねを悲観にとらえ、こと恋愛ごとは悲観主義者となって、そばにいる僕の方に悲愴感が漂ってしまう。

勿論、お茶目な一面もあって陰気な要素だけではなく、つぼにはまった時の駄洒落は一級品で、下手な落語よりよっぽど面白かった。

本来であれば話の続きとして、ここでこと細かに彼の人生経験の話をさせて戴きたいのだが、何分重たすぎる彼の人生経験を許しも無く記すことは、一寸マナー違反のような気もするし、今回その必要もないので割愛させて戴く。

「だって、同期の人は皆彼女や恋人がいて、もう結婚して子供までいるやつがいるのに、僕には決まった人がいるわけでもなければ、ちっとももてないんですもん」

「そんなことないだろう。ともちゃんの良さを理解してくれている人もいると思うよ」

「そんな人いません。だってみんなから、尊敬とか憧れてるとか言われたことないですもん。それに何時も話の落ちにされるし、友達とか味方も少ないし、デブだし、取り柄もないし、なんて言ったたって頭悪いですから」

「何を一生懸命言っているんだよ、話の落ちにされてるとはあまり思わないけど、友達とか仲間が少ないから彼女が出来ないと言うのは間違いだと思うよ。それに特別ふとっちょと言うわけでもなければ、勉強だって出来るし、なんと言っても、ともちゃんは他の人と比べて、とっても優しいじゃない、それが取り柄にならないと言うことはないと思うけどね」

「優しさなんて必要ありません。じゃまなだけです。そのおかげで、小学校の頃からいじめられてきたんですから」

「アホ、自分の一番大切なものを否定していて人に好いて貰えるわけ無いだろう。人を思いやる優しい気持ちがあったから自分がいじめられたと思っているなら、それも間違いだよ。ともちゃんの良くないところは、思いを行動に出来ないことと、ほんの少し勇気が足りないことなんだよ。物事に対する価値観が人と違うからと言って、諦めるのはまだ早いよ。合わぬ蓋あれば合う蓋ありで必ずともちゃんのことを理解してくれる人がいるから、今の大切な気持ちを大事に育てて、勇気を持って行動しなさい」

「分かっているんですけど、行動の後の失敗が怖いんです。もし香織さんに告白して駄目だったら生きて行かれません」

無責任な言動は、かえって彼を悩ませ傷つけてしまうのではないかと思い、一寸黙ってしまった。

「ふぁー、何で好きになっちゃったんですかねー」

「ともちゃん、テニソンと言う人が、恋をして恋を失った方が、一度も恋をしないよりもましだと言っていたよ。もう少し自信を持って頑張ってみれば」

「ふぁー」

決して恋愛経験豊富と言う訳でもなければ、酸いも甘いも知り尽くしていると言う訳でもなかった僕は、他人の言葉を引用するしか術がなかったのだが、今のともちゃんには僕から得る解など無意味のようで、仕事のペースはもう少しの間ダウンしていくのかなと思い、恋の病にたそがれているともちゃんにそっとエールを贈り、机の上でともちゃんと一緒にたそがれている仕事の山をおろしてあげた。

彼は素直で純粋で、とても優しい気持ちの持ち主なのできっと素敵な恋愛が出来ることを願って已まない。

諦めの思いからか、僕がそんなことをふと思っていると、センターの泰雄からボールが投げ返されてきて、苦戦のユニオンズとの戦いはまだまだ続いていることに気が付いた。

既にバッテリーは交代していて、幹ちゃんがキャッチャー、小林君がピッチャーで投球練習を終えていた。

前の回の幹ちゃんの魂ボールは小林君にも伝わっていて、五回の小林君の球はその体重の重さと比例していてもの凄い重圧感を感じさせ、さしものユニオンズ打線も差し込まれて凡フライの山を築き、簡単に三者凡退に切って取った。

「よっしゃー、ナイスピー、ナイスピー」

誰もがゴリラチームに流れが傾いてきているのを感じ取っていた。

特にこの六回に打順が回る新は、チームの流れと勝ちに行く戦術を冷静に分析していた。

「泰雄、頼むぞー」

「おうーす」

高橋選手モデルのマイバットを手に打席に向かう途中、新が泰雄に必勝戦術を伝授していた。

「泰雄、前の回からストレートはうわずってきているから、肩口から入ってくる緩いカーブだけ狙っていけ」

「分かりました」

新のアドバイスは物の見事に的中していた。

ストレートは高めに抜けてことごとくボールになって、外角よりのカーブも抜けていて明らかにボールと見極めることが出来た。

「ボール、フォアーボール」

審判が一塁方向に指さすと、ゴリラチームのベンチから歓声が上がった。

ユニオンズのパーフェクトゲームを泰雄のフォアーボールで破った瞬間であったからである。

「よっしゃー、続け、続けー、こまっちゃん頼むよー」

「ういっす」

新が泰雄に盗塁の合図をおくり、こまっちゃんも良く分かっていて、わざと空振りして泰雄の盗塁の手助けをしていた。

「泰雄ナイスラーン」

泰雄がセカンドベースの上で右手を上げていると、こまっちゃんの気迫が伝わってきた。

バットでスパイクの土をコンコンと軽く落とし、腰をぐるぐるとねじってリラックスすると、「ふうー」と一つ深呼吸して、深めにかぶっていた帽子を浅めに変えて、バッターボックスの中で軸足を地面に押し付け「ぐりぐり」と固定させて、バットを高めに上げ構えに入った。

ただでさえ高い身長がより一層大きく見えて、迫力を増していたのだが、ここからが百戦錬磨の強者、ユニオンズバッテリーだった。

ストレートが入らないと分かると、変化球を巧みに操り、低めにコントロールしてカウントをかせぎにきた。

「キーン」

「ファール」

盗塁手助けの空振りと、ファールでツーストライクと追い込まれたこまっちゃんだったが、高めのボールと外へ緩いカーブを見極めて、ツースリーのフルカウントに持ち込み、ストライクゾーンから流れる球は巧みにカットしていた。

「こまっちゃん、ナイスカットよ」

「いい球だけ、狙ってけー」

皆からの声援が飛び交う中、流れが悪くなったことを感じ取った幹ちゃんのお父さんが、タイムで一呼吸おいた。

こまっちゃんも気合い負けせぬよう二度三度素振りをして、仕切直してもう一度大きく深呼吸している。

幹ちゃんの叔父さんは、ロージンバッグを手の甲でポンポンと二回ほど叩くと、それをそのままマウンド脇に落としセットポジションに入った。

「ろうじんが、ロージンつけてる」

新が面白くない駄洒落を言った瞬間、真ん中高めに渾身のストレートが投げ込まれた。

「ズバーン」

「よっしゃー、ボールだ」

渾身のストレートだったが、やはり歳には勝てぬと見えて高めに浮いた。

こまっちゃんがファーストベースに走り出した瞬間。

「ストライーク、三振バッターアウト」

「えー」と言う表情でこまっちゃんが審判の方を振り返る。

皆も「うそー」と思わず声を荒げてしまった。

「ストライーク」

審判がもう一度こまっちゃんに向けてグーの親指を突き立てている。

こまっちゃんは、「ガクッ」として無言でバットを引きずってベンチに戻ってくる。

途中バッターサークルにいた新にポンポンと肩を叩かれたが、「スンマセン」と小声で言っただけだった。

皆に慰められて一寸だけ元気を取り戻していたが、余程悔しかったのであろう。ベンチの後ろで盛んに素振りを繰り返していた。

「新、頼むよー」

「新さんたのんます」

今度は皆から新への声援が聞かされる。

新は至って冷静な趣で、小さく「コクッ」と頷くと静かに打席に入った。

そう言えば昔、中学二年生だった新が地区大会のレギュラーで出場した頃の話を思い出していた。

「昨日、新君凄かったのよ」

当時三年生を押し退けて、新がレギュラーを勝ち取った試合は、相手ピッチャーの好投で、最終回までパーフェクトゲームが続いていて、監督も先輩も諦めかけていた試合があったのだが、その最終回に新がセンターオーバーのツーベースを放ち、パーフェクトゲームを打ち破ると共に逆転勝利を収めたことがあった。

当時マネジャーだったクラスメートの女子が、次の日その活躍ぶりを絶賛し、興奮気味に身振り手振りで話して聞かせていた。


僕が新の趣に惚れたのは、その出来事を決して自ら口にしなかったことと、レギュラー落ちした先輩だったら、「もっと早く打っていた」と皆に教えてくれていたことだった。

ふと思い起こしているうちに、快音が鳴り響いた。

「カッキーン」

幹ちゃんの叔父さんがカウントを取りにきた初球、緩いカーブを充分引きつけて、これぞカーブ打ちの見本だと言うように綺麗にセンター前に弾き返した。

打球が速すぎたことと、ユニオンズのセンターの強肩に阻まれて、二塁ランナーの泰雄はホームをつくことは出来なかったが、ノーヒットノーランの快投を続けていた幹ちゃんの叔父さんを慌てさせ、ゴリラチームのムードを高めるには余りあるヒットであった。

ゴリラチームのベンチは歓声に包まれ、ユニオンズチームに焦りの色が見え始め、現にユニオンズチームの守備形体が全体的に一歩二歩と深くなってゆく。

「よっしゃー、ワンアウト、ワンアウトー」

「打ってけ、打ってけー」

次の打順は箕輪ちゃんだ。

前の打順では三振に倒れたが、全身から吹き出るように汗をかいていて、試合中の素振りの成果が感じとれ、気合いも充実している様子は、誰が見ても理解出来た。

「三振怖がんなー、思い切って振っていけー」

「はい」

小気味よい返事とともに、打席に立つとピッチャーと向かい合った。

「ヒュッ」

「ブーン」

「ストライーク」

「ズバーン」

「ボール」

「ナイスセン、ナイスセン」

皆からの声援も盛り上がる。

「キーン」

「ファールボール、ツーワン」

審判が指でカウントを表示している。

「おっしゃー、あってる、あってる」

「ストライクは一つあればいいから、思い切っていけー」

ゴリラムードが更に加速すると、ユニオンズの守備陣が更に後退している。

セットポジションから幹ちゃんの叔父さんが渾身のストレートを投げ込んできた。

「コーン」

ストレートの勢いに少し押された打球は、ふらふらっとセンター前に上がってゆく。

「オーライ、オーライ」

ユニオンズチームのセンター柳君の弟が、深い位置から大声を上げながら駆けてくる。

「パシッ、ポロッ」

「あれっ」

一旦グラブに収められたと思ったボールが再び地面に転げてきた。

どんなことを言ったのか、言っているのか分からなかった。

兎に角ゴリラチームのボルテージは最高潮に達し、まだ一点も得点を上げていないのに、花火大会の「玉やー」のように両手を上げて歓喜している。

次の打者は、僕の中ではとても期待度の高い十番バッター、とぐっちゃんだ。

バットをめいっぱい長めに持って、スタンスを広めに取ると一寸だけがに股気味になって、無表情で構えに入る様は、かえるさんが獲物を見つけ、ジャンピングしている感じに似ている。

決して格好良いとは言えない構えではあったが、メジャーリーガーのような強打者の雰囲気はチームでも五本の指に入ると思っていた。

「とぐっちゃん、雰囲気出てるよー、頑張ってー」

口がひょっとこのように上向きになると、そのまま煙草をぷかーとさせたように息を吐いた。

そうか、「ぷかー」はとぐっちゃんのリラックスポーズなんだ。

そんなふうに新しい発見と、ゴリラチームのムードの高まりに「わくわく」し始めると、幹ちゃんの叔父さんの投球が始まった。

「ズバーン」

「ボール」

「ズバーン」

「ストライーク」

テンポ良くどんどん攻めてくる。

「ズバーン」

「ボール」

「ズバーン」

「ストライーク、ツーエンドツー」

審判がまたまた両手で表示している。

ここまで全球ストレート、とぐっちゃんはまだ一球もバットを振っていなかった。

とぐっちゃんが、テンポの良さを嫌い、打席を外してちらっと僕の方に目線を投げてくる。

今度は僕が、右手でオーケーサインを作り、手首をこねると、とぐっちゃんが大きく首を左右に振った。

叔父さんバッテリーの選択は、とぐっちゃんの予想通り、意地のストレート勝負だった。

「ズバーン」

「ボール、ツースリー」

審判も勝負どころと見て少し興奮気味で、ボールの判定のリアクションが大きくなっていた。

とぐっちゃんへの声援が、ユニオンズベンチの声を掻き消していて、重圧な空間をグラウンドいっぱいに広げてゆく。

ピッチャーがセットポジションに入ると、塁上の我がゴリラチームの精鋭達が、リードを大きく取って牽制しているが、幹ちゃんの叔父さんは怯むことなくなんと、振りかぶって投球動作に入った。

グーンと腕がしなってくると、低めに叔父さんパワー意地の魂ボールが投げ込まれてきた。

「ズバーン」

キャッチャーミットが今日一番の響きを聞かせた。

とぐっちゃんは、バットをピクッとさせて静止してしまった。

「手がでない。やられたー」

そう思った瞬間、審判が手を広げて「ボール、低い」と判定を下した。

押し出しの一点に、湧きに湧き上がるゴリラチームの中、「ガクッ」と膝をおる幹ちゃんの叔父さんがいて、気持ちは痛いほど良く分かった。

こまっちゃんの時と同様、ユニオンズチームにも審判を批判する輩は存在していなかったからである。

名サード柳君が、マウンドに歩み寄り二言三言声を掛け功を労い、負けてはいない、勝ちへの拘りを声を荒げて見せていた。

勿論幹ちゃんの叔父さんバッテリーも息を吹き返す努力を見せていて、マウンド脇で屈伸を繰り返しながら自らナインに活を入れていた。

「ワンアウトー、打たせていくぞー」

「オーウ」

ユニオンズナインもそれに応えている。

だが、ゴリラチームの勢いをもはや止めることは出来ず、続く古堅は左中間へ二点タイムリーヒットを放ち、ついに同点に追いついた。

お祭り騒ぎのゴリラナイン、七回の攻防を前に最早勝ったも同然の勢いで、誰がどこで歓喜の雄叫びを上げていたのか今となっては覚えていない。

ただ、頻りに同点打を放った古堅の分厚くて熱い手を握って、「せっせっせーの、ヨイ、ヨイ、ヨイ」だったことだけは覚えている。

今思い起こせば、たった一時間五十分の中には、興奮や友情、優しさや思いやり、正義や悪、責任や目標などと言った心の一番重要で大切な部分を伝え持っていて、幼い頃から未だ解決を見ない自分自身の存在とその時間について、もしかしたらもう満喫しているのではないかなとふと感じている。

人は自らの人生にあって、解を求むるべき術を持たないと言うよりは、それを必要としないものも幸福感の中にあっては良い存在なのかもしれないと思い、みんなが野球人として見せる時間の中で、満面の微笑みに感謝の趣だけは忘れずにいたい。そう心に念じて、母が綺麗に洗ってくれたユニフォームを感謝の気持ちと一緒に大事にたたんでカバンに詰めていた。

「終章」～宝物と絵葉書～

ちょうど挙式の日の当日、僕らは少し早めのブレックファストを終え、シャワーを浴びて、ヘアーメイクさんの到着と衣装が届くのを待っていた。

後三時間で妻となる彼女は、髪を乾かすのに手間取っていたので、バルコニーへ繋がる大扉を開け放ったままホワイトチェアーに腰を落ち着かせ、ダイヤモンドヘッドを一望しながら、ハワイの心地よい風と共に煙草を燻らし、先日のユニオンズ戦での興奮を思い出していた。

「ナイスピッチング」

六回の我がゴリラチームの攻撃は同点のまま終了したのだが、その裏のユニオンズの強カクリーンアップを三者凡退に抑え込んだ小林君のピッチングにチーム全体が活気付き、勝つことへの執念と拘りは最高潮に達していた。

「小林君、いつも通り好きな球だけ狙っていこう」

「はい」

その時の小林君には、誰も何も語る術はなく、とぐっちゃんも新も幹ちゃんも、何一つアドバイスはしなかった。

さしものユニオンズチームのバッテリーも先頭打者が強打者小林君だけあって、慎重にコーナーを付いてきて、ボールが先行していた。

「ボール、ノースリー」

審判のカウントコールは、次に打順の回る僕の心臓に、大きな波うちを始めさせていた。

「フォアーボールだな」そう思っていた。

ピッチャーがプレートを外し一呼吸入れると、いつの間にか歩み寄って来た新がアドバイスをくれる。

「徳郎、大きいのはいらないぞ。ここは繋いでいけ」

「うん」

そう返事を返して、マウンドに視線を戻す。

幹ちゃんの叔父さんはまだロージンバックを手にしながら、入念にボールをこねている。

小林君は構えに入ったまま打席を外していない。

緊張感が僕の鼓動に加速度を加えた。

幹ちゃんの叔父さんが大きく振りかぶり、独特のフォーム、まるでカマキリが獲物を捕らえるようにグーンと右腕をしならせてくる。

最終回なのにちっとも球のスピードが落ちていない、「ビュー」と高音が聞こえてくる勢いで、渾身のストレートがホップしていた。

「カッキーン」

迷わず振り抜いたスイングは、どんぴしゃりで魂ボールを捕らえると、快音と共にセンター方向へ真っ直ぐ飛んでいく。

歓声が沸き起こり、深めに守っていたユニオンズのセンターが、更にバックしてゆき、小林君も懸命に走っている。

ここ生谷草野球球場は、思いのほかセンターが深いことと、幹ちゃんの叔父さんが投じた魂ボールの重さも相まって、ホームラン一歩手前、センターのネットにダイレクトで突き刺さっていた。

「ドタッ、ドタッ、ザザザッー」

「セーフ」

塁審がセカンドベース脇で両手を広げた。

小林君はやはり駆け足が少し遅いようで、間一髪セーフだった。

自分の駆け足の遅さに照れ笑いしていたものの、両手をセカンドベースの上で突き上げて胸を突き出す仕草は、マジンガーZのブレストファイヤーのポーズに似ていて、一寸格好良かった。

「ナイスバッチ」

皆が小林君に賛辞を送りながら、僕に声援を送ってくる。

「徳郎大きいのはいらないよー」

「徳郎さん、たのんます」

「はいよ」

「ここで打てばヒーローだ」

そう思うと、不思議と胸の鼓動が平静を取り戻してきていた。

僕は本来、ただ思い切って振る未熟なバッターだったのだが、チャンスには強いと思い込んでいたことと、秘策が既に頭の中に出来ていて、落ち着くことが出来たのである。

秘策は振り子で流し打ち、そう、イチロー選手スタイルだ。

幹ちゃんのお父さんは、僕がカーブを苦手にしていることに気付いていたので、必ず初球はカーブと思い、前の打席の反省点を生かし、ためにためて打つ気でいた。

「いけねっ、ストレートだ」

秘策を披露する間も無く、思わずバットに当たってしまった打球は、振り遅れて「ふらふら」っとライト方向に上がっていった。

ファーストベースを踏むか踏まぬかの寸前のところで、難なくライトのグラブに「パスッ」と収められた。

「ガクッ」

「徳郎、流し打ちは良かったけど上げちゃだめだよ」

とぐっちゃんに言われて、「とほほほほ」だった。

「泰雄たのむー」

「はい、頑張ります」

自らの凡打をカバーしてもらうには、泰雄に大声で声援を送るしかなかった。

泰雄は二回のエラーを随分気にしていて、この回の打席での気合いの入りようと言ったら鬼気迫るものがあった。

「鬼ヶ島へ鬼退治に行って参ります」

昔、歯医者の待合室で見た絵本の中の桃太郎が、おじいさんとおばあさんに正座して話している真剣な眼差しを思いおこさせた。

幹ちゃんの叔父さんがセットポジションに入ると、「するする」っと小林君がリードをとってゆく。

「えっ」

ピッチャーが投球動作に入ると同時に小林君が走り出した。

小林君の駆け足の遅さは、運よくユニオンズバッテリーも良く承知していたので無警戒であった。

幹ちゃんのお父さんも三塁には投げられない、まんまと盗塁を成功させてしまったのである。

「オーケー、オーケー、ナイスラン、ナイスラン」

またまた沸き上がるゴリラナイン、悔しそうに珍しく幹ちゃんの叔父さんがマウンドを蹴り上げ、ボールをグラブの中に何度も当てている。

「もうストレートしか投げてこない」

そう独り言を呟くと、とぐっちゃんが「分かってきたねー」と言ってくれた。

審判の判定に少し苛立ちさえ見せ始めた幹ちゃんの叔父さんが投じた三球目だった。

「ボール、ノーツー」

「カッキーン」

泰雄が物の見事な流し打ちをライト前に放ち、右腕を天に突き上げ、宙を浮くように駆けている。

「とく、ブライダル会社の人がロビーまで衣装を受け取りにきてだって」

「あいよ」

心地よい日差しの下で繰り広げたユニオンズとの熱い戦いは、泰雄の決勝打で幕を閉じ、我がゴリラチームの夢であったユニオンズ戦での初勝利となったのである。

夢を追い続けた白球への思いは今なお変わることはないが、あの日の一戦は、ハワイの爽やかな暖かさの中で、時折吹いてくる涼しく心地よい風と、青い海と青い空、波の音と潮の香りと共に、生涯忘れることの出来ない思い出となって心の中に刻まれてゆく、今日の日のこの思いを祝うかのように、白い鳩がバルコニーの手すりまで飛んできて、少し首を傾げてまた飛び立っていった。

夢を持たぬ者と大きすぎる夢を持つ者は、幸福を得ることが難しいとどこかで聞いたことがある。

確かに夢を持たぬ者は現実のみにとらわれ、壮大な夢を持つ者は非現実的な生き方に終始して、幸福から遠ざかるようにも思えるが、本当は一寸違うのではないかなと思い始めていた。

大小に限らず夢を持たぬと言うか、考えもしないと言う人はたぶん一人もいないであろうし、もし本当にそのような人がいるのであれば、それはとても寂しく切ない思いを感じてしまう。

人は先の見えない物事に対しては、誰しもが不安を抱えて生きていて、その不安の大きさの度合によって夢を断念したり小さくしたりして、志を生かしてゆく、つまりは自分の持つ夢が叶うのか否かと言うことに論点を重く置き、結論を導き出そうと急いでしまっている。

どんな些細な夢、あるいは壮大な夢であっても、志を持たぬべきものでもなければ、諦めるべきものでも無く、ましてやその存在意義や大きさに拘りを感じ左右され、時間を削る必要は全くない。

そんなふうに感じさせてくれたゴリラチームは僕にとって今やかけがえのない大切な存在であった。

長く短い人生の中にあっては、自分を信じることが何よりも大切である。

そう教えられたのもゴリラチームを通して得たものに他ならず、人と人とがコミュニケーションや愛なくして生を得られないと言うことの必然性もしかりであった。

それは、自分が信じた人や大切に思う人、支えてくれる人への拘りでもあり、夢への近道と成り得て、しいてはかけがえのない宝物を手に入れることになるからである。

そんな想いを抱きながらも、その時の僕の心の中には薄暗い雲が掛かっていた。

彼女の髪が乾いて素敵なウエディングドレスを整えた頃、迎えのリムジンが到着して、挙式の準備はあの絵葉書のように綺麗に納っていた。

僕の憂鬱な趣と同じくして、教会へ近づくにつれ、青い空から大粒の涙を落とし始めている。

異国の地で初めて出会う人達に、至福の時をプレゼントされながら、小さく可愛らしい教会で、賛美歌が万感と共にこだましている。

ただ、どうしても不甲斐ない自分が情けなく許せないでいた。

今妻となる彼女は、この上なく美しく目映いばかりに輝いていて、その輝きがより一層僕のその思いを強固にしていた。

「お忙しい時の神様お願いです。どうか少し時の流れを怠惰にして下さい。そうして戴けたのなら、今すぐお母様をお連れします」

決して叶うことのない願いを込めていた。

彼女の母は僕らがハワイへ発つ前に、沢山の思いやりとプレゼントを最愛の娘に届けてくれていて、その中には決まっていつも、可愛らしい教会と綺麗なウェディングドレスを着飾った女性の絵葉書が添えられていた。

浅はかで、脳足りんな僕は彼女の母のその思いを理解していながらも、ある意味蔑《ないがしろ》にしてしまっていた。

悔いても悔やみきれない思いは、叶うはずもないお願いを神様に頼んで、心の救いを求め拠り所を得ようとしていた。

自分がやられて嫌だと思うことを決してしてはいけないはずであるのに、最愛の妻の大切な母に行ってしまった行為が心の葛藤を呼び、自分を信じる拘りをも裁きの対象と課していた。

賛美歌の大きなぬくもりが教会の中を満喫させ静かに終曲すると、静寂をより一層深め、張りつめた緊迫感と共に神聖な誓いの言葉がどんどん告げられ、それと比例して心の葛藤が渦を巻いてゆく。

唇を噛み締め、両手の拳をぎゅっと握り締め、そっと目を閉じてじっと考えていた。

自分の犯してしまった罪の大きさ、決して取り返すことの出来ない過ち、自分が信じている大切な志、戻ることの無いこの時間、至福の時であるはずなのに、その時の僕の心は正直病んでいて耐え難いものであった。

今一度自分の中にある真実の愛を信じ直し、その愛全てを捧げ、悔い改めようと必死になっていると、ある正月のひとときの風景を思い出させてくれた。

「子を叩くんじゃありません。言って聞かせるように努力しなさい」

僕の姉が四つになったばかりの頃、叔母の家で飼っていた当時最高級だったシャム猫の毛をはさみで切ってしまったことがあって、母が酷く激怒して姉を叱り付け叩いたことがあって、その行為を見て叔母が僕の母に言ったそうである。

「ゆきちゃん、猫の毛は切ってもまた生えてくるでしょ。理由も聞かずに叩いては心の傷だけが残るのよ。むやみやたらに子供を叩いては駄目よ」

そう母に話したことがあると、正月の和やかな雰囲気の中で笑い話として話をしていた。叔母が不十分なお節料理を口にしながら、その時話をしてくれていたあの場面である。

「とくちゃんも子供をもつようになったら分かるけど、人はみんな過ちや間違いを繰り返し犯してしまうものなのよ。特に子供のうちはそう。だから言って聞かせることが大事なの。でも本当はね、つい頭に血が上ってむきになったりしちゃうんだけどね。そう言う時は考えるの、どうしたらこの子を幸せに出来るのかなってね。そうすると自然と冷静になれて、不思議と名案が浮かぶものなのよ」

笑いながら話をしていた叔母は、もう僕の相談には乗れない遠いところに逝ってしまっている。

誓いの言葉を聞きながら、どうしたら妻の母に幸せを感じて貰えるのか考えてみたが、たぶんあの絵葉書の想いの代わりになるものは何一つ無いだろうなと思っていた。

僕が犯してしまった過ちは、償いきることは出来ないであろうが、生涯をかけて自分が信ずる愛情を注ぎ、全てを費やす決意を今一度思い直し、神父様の問いに応えていた。

「はい。誓います」

叔母の話してくれた言葉の意味を深く胸に刻み、過ちの後に必ず飛躍があると信じ、緊張している妻に笑顔を見せて、白く細い、温かいぬくもりのある手を握り、誓いの指輪を静かにはめた。

そっと十字架のイエス様に目を移すと、始まりの頃とは打って変わり、不思議と穏やかに見えた。

教会を一歩でると、さっきまで降っていた雨が消え失せていて、うそのように晴れ上がり、爽やかで心地よいハワイの日差しと香りを届けてくれている。

「ねえリマちゃん、イエス様笑って見えなかった」

「えっ、教会のイエス様?」

「そう」

「笑うわけないでしょ。きっと痛くて辛かったんだから。それに今日は十三日でしょ、こんな日に結婚式あげたから怒っているかもよ」

そう言われて気がかりであった何かがすっと晴れてゆくような気がした。

妻の母への罪の意識は残っていたし、確かに今日は奇しくも十三日であって、イエス様には大変申し訳ないとも思っていたのだが、許して戴ける理由も靄が晴れてゆく理由も至って簡単に理解できていた。十三日でありながらも金曜日ではないことと、レッド・エンジェルス時代の背番号と同じであったからである。

初めて着たユニフォーム、あの日以来不思議と僕の人生には十三番がつきまとっていて、いつしか心のどこかで僕の幸運の数字となっていたのである。

人が生きる過程において、必要な要素を組み立て築き教えてくれた、レッド・エンジェルス、その背についた初めての番号が十三番、単純明快であったのである。

教会のイエス様に会釈を届けて、自費で式に参列してくれた三人の大切な友人達に、真っ白なリムジンの中から手を振っていた。

「とく、大変なこと思い出しちゃった」

「えっ、何か忘れ物?」

「違うの、お母さんが送ってくれたワンピースでまだ証拠写真取ってなかったの。フィルム余ってる?　がっかりさせないようにしなくちゃ」

そう言われてフィルムの枚数を確認するとカメラを彼女に向けた。

「カシャッ」

「やだ、急に撮らないでよ。はいちーずって言ってくれないと可愛く撮れないじゃない」

「ごめんごめん、でもちょうど良くなったよ」

フィルムは次のシャッターを押すと、ちょうど十三枚目を示してくれている。

次の写真は絵葉書にして妻の母へのプレゼントにしたかった。

きっとその絵葉書は大切な宝物になってくれそうな気がして、想い出の背番号に併せていた。

「幸せは歩いてこない、だから歩いてゆくんだね」

それからまもなくして、妻の母がささやかに祝ってくれた慶事の席で、色紙によせてくれた言葉であった。

今は、時の音がゆっくりと僕の感応と調和して、ほんわかと優しいぬくもりと共に、人として生きて行く優しい緊張感の中で歩んでいるのである。

著者プロフィール

大 徳之助（だい とくのすけ）

本名・大川徳郎（おおかわとくろう）

1967年　東京都生まれ

1988年　建設省（現・国土交通省）入省

勤労学生として、1992年國學院大學法学部を卒業。

趣味は週末の草野球とピアノ

背番号は十三番

2002年5月15日　初版第1刷発行

著　者　大《だい》 徳之助《とくのすけ》

発行者　瓜谷 綱延

発行所　株式会社 文芸社

〒160-0022　東京都新宿区新宿1-10-1

電話　03-5369-3060（編集）

03-5369-2299（販売）

振替　00190-8-728265

印刷所　株式会社　平河工業社

ISBN4-8355-3789-0 C0093